お江戸やすらぎ飯

芍薬役者

鷹井 伶

角川文庫
22296

目次

主な登場人物

佐保《さほ》　大火で親とはぐれ廓《くるわ》で育った。養生に必要な食物を感じ取ることができ、病人を救う料理人を志ざしている

■医学館

多紀元堅《たきもとかた》　多紀家の五男坊

元胤《もとつぐ》　元堅の兄・多紀家の当主で医学館督事（館長）

稀代《きよ》　元堅・元胤の母

志津《しづ》　元胤の妻

芳《よし》　多紀家の女中頭

立花瑞峰《たちばなずいほう》　医学館の名誉教授。佐保の才能を見抜いた恩人

田辺耕三郎《たなべこうざぶろう》　医学館賄い方

マサ　医学館賄い方手伝い

和助《わすけ》　医学館門番

お里《さと》　和助の女房

お糸《いと》　お里の連れ子

■吉原

玉屋《たまや》山三郎《さんざぶろう》　大見世玉屋の主人・吉原惣《そう》名主。佐保の養父

　颯太《そうた》　山三郎の一人息子。佐保の幼馴染《おさななじ》み

　お梶《かじ》　玉屋の遣《や》り手

　清蔵《せいぞう》　玉屋の男衆

　玉紫《たまむらさき》　玉屋の花魁《おいらん》

　ミツ　玉紫付きの禿《かむろ》

小夜《さよ》　船宿月屋《つきや》の雇い女

要蔵《ようぞう》・お勝《かつ》　鰯《いわし》売りの夫婦

おせい　赤ん坊の母親

澤田《さわだ》夢之丞《ゆめのじょう》　歌舞伎役者

荒木相俊《あらきそうしゅん》　町医者

佐島《さじま》平三郎《へいざぶろう》　水戸《みと》藩士・本草学者

本宮多恵《もとみやたえ》　佐保の母

第一話　映し鏡

一

前日から降った雪は明け方には止んでいた。

「うわぁ〜」

水汲《みずく》みをしに外に出た佐保《さほ》は、思わず歓声を上げた。

辺り一面に雪が積もり、まるで真綿をかぶったようだ。いつもの裏庭が見知らぬ場所へと姿を変えている。

佐保は毎朝、まだ誰も起きないうちに多紀《たき》家の台所へ立ち、水汲みをすることにしていた。それは廓《くるわ》にいた時からの習いで、早起きは苦にはならない。いや、それどころか一人きりでいられるそのひとときは、佐保のお気に入りの時間でもあった。

佐保は水桶《みずおけ》を置くと、凛《りん》とした朝の空気を胸いっぱいに吸い込んだ。

真っ青に澄み切った空には雲一つない。朝日に照らされて、キラキラと雲母《うんも》のように雪が輝いている。

何にも汚されていない、まっさらな白。

佐保はその上に下駄《げた》を履いた足をそっと下ろした。

ぎゅっ、ぎゅっ……。

雪の表面はつきたての餅《もち》のようにふわっと柔らかそうにみえて、足を踏み入れると少し抵抗感があって、きしんだような音が鳴る。

ぎゅっ、ぎゅっ、ぎゅっ……。

井戸の周りを回ってから、裏庭の物干しがある辺りまで、

「一番のり！　ここも！」

佐保ははしゃいだ声を上げ、調子に乗って歩き回っていた。

洗いざらしの黄八丈《きはちじょう》はお世辞にも温かいとはいえないが、佐保は気にならなかった。息が弾み、結い直したばかりの髪が揺れる。十七になったばかりの佐保の頬は血色良く赤みを帯びて輝きを増した。

突然、頭の上から大きなくしゃみが聞こえた。

「えっ……」

我に返った佐保は、子どもじみた雪踏みを誰かに見られたかと、慌てて辺りを見渡した。

するとまた一つ大きなくしゃみがした。廁《かわや》からだ。

「う～、冷える冷える」

独り言の主は多紀家の五男坊、元堅《もとかた》だ。歳は二十二、太り気味の丸顔でどこかとぼけたような顔立ちのせいか、人からからかわれがちだが、心根は優しい人物だ。

廁は別名、雪隠《せっちん》という。元は禅宗で用いられる言葉で、人知れず廁掃除に励んだ禅僧の名から採ったという説があり、人のいないところでもきちんと徳を積むという意味がある。とはいえ、元堅が人知れず徳を積んでいるかは別の話だが。

「元堅さま！　おはようございます！」

佐保は、元気よく廁の中の元堅に向かって声をかけた。

「えっ、あっ……ん」

何を焦っているのやら、バタバタと慌てている様子が窺《うかが》えた。

佐保はくすっと笑うと、きびすを返した。

「ぼ、馬鹿……用を足しているときに、声をかける奴がいるか！」

まもなく厠から出てきた元堅が声を上げたときには、もう佐保の姿はなく、二の字二の字の下駄の歯《は》痕《あと》だけが、小気味よく雪の上に残っているだけであった。

佐保が木の鍋蓋《なべぶた》を開けると、ふわ〜っと湯気が立ち上がった。

小豆《あずき》はよい具合に煮上がった様子だ。

佐保は菜箸《さいばし》でそっと小豆をひとつまみし、口に放り込んだ。

小豆は黒豆などと比べれば早く煮上がるのがよいところだが、新豆かそうでないかで、水と火の調子を加減する必要があった。

まだほんの少し芯《しん》が残っているくらいが丁度よい。

佐保はゆで汁から煮た小豆を引き上げると、そこに洗っておいた米を加えた。

うっすらと赤く色づいたゆで汁からは小豆独特の和らいだ香りが立ち上る。

「もう少しお水足そうっと」

佐保はそう独りごちた。

もう一度火を強くして、ふつふつと沸騰してきたら、小豆を鍋に戻し火を弱めてじっくりと炊き上げればよい。

「あれ、小豆粥《がゆ》かね」

女中頭の芳《よし》が台所へ顔を出すと、不思議そうに鍋を見た。

「今日は節分ですから」

佐保はそう答えると、てきぱきと餅を焼き始めた。

「へぇ～、佐保さんの里じゃ、節分に小豆粥なんだね」

「違うんですか？」

「小豆粥といやぁ、小正月って相場が決まってそうなもんだけど」

と、芳は餅を焼くのを手伝いながらそう答えた。

古来から、小豆の赤い色は血の色を連想させるためか生命力を表し、霊力を宿すとされた。ハレの日に赤飯を炊くのと同様に、小正月（一月十五日）に小豆粥を食べれば、邪気を払い一年を健康に過ごすことができると考えられていたのである。

小正月とは女正月とも言われ、正月松の内が過ぎて一息入れたい女たちが骨休みをする日であった。女たちのみならず、小正月の翌日は、藪入《やぶい》りと称して奉公人たちは休みを貰《もら》って実家に帰ることもできた。

だが、佐保が育った吉原《よしわら》では、小正月といっても、奉公人たちの藪入りのように骨休みをすることはできなかった。遊女たちは年季が明けるまで実家に帰ることなど許されなかったし、松の内が過ぎるのを待って遊びにくる客も多かった。

なので、小正月も廓は終日、目の廻《まわ》るような忙しさだったのである。

その代わり、佐保が世話になっていた玉屋《たまや》では、女たちの慰労の意味もあって、節分に朝から小豆粥を炊く習わしがあった。

しかも、立春の節分だけは「お化け」と称して、女たちは思い思いの化粧を凝らし、遊ぶことになっていた。お化けだから幽霊と限ったわけではなく、桃太郎や金太郎に扮《ふん》したり、竜宮城の乙姫になって舞を舞ったりと、客を喜ばすというよりは自分たちがそれで楽しむ日という意味合いが強い。佐保が遣《や》り手のお梶《かじ》から聞いた話では、どうやら京の都から流れてきた遊女が広めたことらしいが、玉屋の主人山《さん》三郎《ざぶろう》はその様子を面白がり後押しをしたので、皆で賑《にぎ》やかに日頃の憂さを晴らす日になっていた。

七歳の時に大火で親とはぐれ、吉原に迷い込み、玉屋の山三郎に拾われた佐保にとっても、この行事は特別なものだった。歳が近く兄のような存在の玉屋の総領息子颯太《そうた》や花魁《おいらん》たちと一緒になって、小さな赤鬼になったり、竜宮城の魚になってみたりと、楽しみにしていた。

つまり、佐保の中では、立春の節分は廓の思い出と密接に繋《つな》がる楽しい行事のことで、この「お化け」と「小豆粥」は切っても切れないものだったのである。

現代では節分といえば立春の前日だけをいうが、江戸《えど》の人たちは季節の変わり目の立春、立夏、立秋、立冬の前日全てを節分と呼んだ。

また、現代と違って春は正月から三月、夏は四月から六月、秋は七月から九月、冬は十月から十二月と考えられていた。

つまり江戸時代、元旦《がんたん》が新しい春の始まりというわけだったのだが、江戸の人たちにとっては元旦よりも立春の方が新年を迎えたという思いが強かった。

立春は一年を太陽の動きによって分けた二十四節気の一つで、月の満ち欠けで決めた太陰暦とはどうしてもずれが生じる。立春と元旦がちょうど重なることはまれで、年によって、立春が前年末（これを年内立春と呼んだ）になったり、新年になったり（これを新年立春と呼んだ）ということが起きた。

文化《ぶんか》十三（一八一六）年は新年立春。一月九日が立春にあたっていた。

「すみません。私てっきり」

佐保は素直に頭を下げた。

多紀家にお世話になるようになってからというもの、廓《くるわ》との習わしの違いで戸惑うことが多い。多紀家は幕府に代々仕えた医家であり、元堅の兄で、現当主の元胤《もとつぐ》も隣接している医学館の督事《とくじ》（館長）と同時に、奥医師を務めている。いわば医家の中の医家であった。

佐保は昨年の夏に廓を出て、この多紀家に住み込み、医学館で賄い手伝いをしながら、病人のための料理人になるべく勉学修養中の身であった。

「いいんだよ、小豆粥は私の大好物だしね。寒い時の粥は特に嬉《うれ》しいもんさ。それにえ〜っと、ほれ、何て言ったっけ、り、りなんとかって、体に良いって言ってたじゃないか」

「利水《りすい》ですか」

と、佐保は習い覚えた小豆の効能を口にした。

「そう、それ」

利水とは水めぐりに効くという意味である。小豆は生薬としては赤小豆《せきしょうず》と称され、むくみの症状に用いられる。

身体の中の余分な水分を出す効能に優れているのである。

湿熱邪の除去や膿《うみ》を出す排膿《はいのう》の働きもあるので、小豆をゆでた煮汁は皮膚の炎症を鎮めるために使われたりもする。それに、小豆に限らず豆類は、五臓の中でも成長・発育・生殖など生命の根本を司《つかさど》る腎《じん》の養生に良い。

「えっへん、ゆえに塩豆大福は身体に良いのだ、なんて、元堅さまは威張っておっしゃるんだものねぇ」

芳は元堅の口まねをしておかしそうに笑った。

元堅の塩豆大福好きは多紀家の使用人たちの間でも有名だ。

「これ以上太ったら、嫁の来手がなくなると、大奥さまはご心配のようですけど」

と、佐保は答えた。

「確かにね、おっと、大変、焦げちまう」

話に夢中になっているうちに、ぷ～っと餅《もち》が膨れて香ばしい香りが立ち上った。

佐保と芳は急いで手を動かし始めた。

とその時、

「おはよう」

と、多紀家の大奥さま、稀代《きよ》が台所に顔を出した。

「おはようございます。じき、朝餉《あさげ》のご用意ができますので」

と、芳が神妙な顔つきで稀代に向き直り丁寧に頭を下げた。佐保もそれに倣った。

稀代の凜《りん》とした佇《たたず》まいの前では誰もが緊張する。

「おはようございます」

稀代はそれに小さく頷《うなず》いてから、

「今日は良い天気になって良かったこと」

と、佐保に目をやった。

「佐保さん、朝餉が終わったら出かけます。付いてきなさい」

「あ、はい」

一瞬、佐保は返事に詰まった。

「田辺《たなべ》どのには話を通してありますから」

医学館の賄い方、田辺耕三郎《こうざぶろう》の了解は得てあると言い置いて、稀代はきびすを返した。

「はい。かしこまりました」

どこへ行くというのだろう。怪訝《けげん》な顔をした佐保を見て、芳が「良かったね」と囁《ささや》いた。

「お土産を忘れずにいておくれよ」

芳は行き先がわかっているようで、にっこりと微笑むのであった。

二

稀代が佐保を連れて出かけた先――それは浅草寺《せんそうじ》であった。

この日、浅草寺では節分会が執り行われるのである。

江戸の地誌紀行図鑑である『江戸名所図会』は、浅草寺をかなりの分量で紹介している。江戸で最も古い歴史を持つ寺であり、信仰心の篤《あつ》い江戸の人たちにとって、人気の高い寺の一つであった。

縁起は飛鳥《あすか》時代にまで遡《さかのぼ》る。推古《すいこ》天皇三十六（西暦六二八）年、この近くに住む漁師が浅草《あさくさ》川（当時は宮戸《みやと》川）で、観音像を引き上げたことに始まる。

漁師はこの聖観世音菩薩《しょうかんぜおんぼさつ》をありがたく奉じてお堂を建て拝んでいたが、あるとき火事に遭ってしまう。ところが、不思議なことに観音像だけは焼失を免れ、人々は霊験あらたかなご本尊だと益々《ますます》ありがたがった。

大化《たいか》元（六四五）年には、この地に勝海《しょうかい》上人が来訪し浅草寺を開山。観音像は絶対秘仏とされた（現在でも寺の住職でさえ尊顔拝観はできない）。

以来、浅草寺は源 義朝《みなもとのよしとも》、頼朝《よりとも》、足利尊氏《あしかがたかうじ》ら多くの武将の庇護《ひご》を受けた。

頼朝は平家《へいけ》追討の際、必勝を祈《き》禱《とう》したとされるし、家康《いえやす》もまた関《せき》ヶ原《はら》の合戦に向けて必勝を祈念、見事勝利を収めたことから、その霊験は天下に響き渡ったのである。

ただ、五代将軍綱吉《つなよし》の頃には不興を買い、上野《うえの》寛永寺《かんえいじ》の支配下に組み入れられた。だが、そのことが却《かえ》って、反骨精神旺盛《おうせい》な江戸っ子には良かったようで、営繕費用は全て庶民の浄財でまかなわれるようになり、江戸っ子にとって「我らが浅草の観音さん」と身近な存在になっていく。

今や寺前は広小路《ひろこうじ》（現在の雷門《かみなりもん》通り）となり、数珠《じゅず》、香、蠟燭《ろうそく》、楊枝《ようじ》、茶道具《ちゃどうぐ》、錦絵《にしきえ》と数々の店が建ち並び、さらには水茶屋、手妻《てづま》（奇術）を見せる見世物小屋などもあるという具合で、参詣《さんけい》者のみならず、行楽歓楽の拠点として、江戸でも指折りの盛り場となっていた。

「わぁ、これまた凄《すご》い人出だなぁ」

佐保の前で元堅が悲鳴のような声を上げた。元堅もまた稀代のお供を仰せつかったのである。

雷門を入り、仁王門《におうもん》である宝蔵門《ほうぞうもん》まで来るともう歩けないほどの人だかりで、佐保は稀代や元堅にはぐれないように付いていこうと精一杯であった。

人の熱気で、積もった雪もあらかた溶けそうな勢いである。

吉原でもこれほどの人は見たことがない。

浅草寺の節分会の話を聞いたことはあったが、これほどまでとは――。

目を丸くしている佐保を見て、稀代が、「節分会ですからね」と、すまし顔で言う。

節分会と称する行事を江戸で大々的におこなったのも浅草寺が最初だとされる。

といっても今のように豆を蒔《ま》くわけではない。

「除災招福」の特別な守札が授与される。この守札は切り紙になっていて、堂内に特設された張り出し舞台から、大きな団扇《うちわ》で扇《あお》いで撒《ま》く。人々は躍起になってその御札を手に入れようと手を伸ばすのである。

「元堅」

と、稀代は元堅に手を出した。

元堅も心得たというように、懐から財布を取り出し、稀代の手に預けた。どうやら人混みの中での掏摸《すり》用心のようだ。

「勝手に使わないでくださいよ」

「余計なことを。抜かるでないぞ」

稀代はまるで侍大将のような面持ちで、元堅にハッパをかけた。

元堅もまた、初戦《はついく》さに向かう若武者のように気負って、

「はいっ」

と答えると、御堂へと突き進んでいった。

「では私も」

と、佐保が続こうと勢い込むと、稀代は押しとどめた。

「おなごはこちらで待っていればいいのです」

危ないことは元堅にやらせておけばよいとでも言うように、稀代はやんわりと微笑んでいる。

「でも……」

待っているだけではつまらない――。

一瞬そう思った佐保だったが、御堂への道はもう立錐《りっすい》の余地もないほどに人で溢《あふ》れかえっていて、とてもではないが近づけそうにない。

「私たちはこの間に買い物を済ませておきましょう」

稀代はそう言うときびすを返し、佐保も慌てて後に続いた。

境内の中には人出を当て込んで、いつも以上に店が出ている。

その中を稀代は慣れた様子で人の波を縫って歩いて行く。お目当ては決まっているようだ。

「まずはここ」

と、稀代が立ち寄ったのは五倍子粉《ふしこ》売りの店であった。

「五倍子でしたら、医学館にもございましたよ」

佐保はつい口を出した。

「ええ、それはそうなのだけれど、家で使うものですし、それにね、ここのが一番、黒々と美しく染まるのですよ」

五倍子《ふし（ごばいし）》とはヌルデという落葉樹の若芽に虫が寄生した時に出来る「虫こぶ」のことである。

医学館にあったと佐保が言ったのは、五倍子は生薬として用いられるからで、煎《せん》じた液は止血や下痢止めとして用いられ、口内炎や歯痛、扁桃炎《へんとうえん》などにも有効であった。だが、稀代は私用だから別に買い求めるのだと答えた。

五倍子の粉は、鉄漿水《かねみず》（酢や酒、茶などに古釘《ふるくぎ》を浸して作る）と合わせてお歯黒に用いるのである。

黒い歯というと、現代では異様に思うかもしれないが、お歯黒は公家《くげ》の成年貴族の風習から始まったもので、当時の江戸では大変優雅で美しいものとされていた。

つまりお歯黒をするのは、虫歯予防にもなり、美と健康、一石二鳥の理に適《かな》ったものでもあったのだ。

「こりゃ奥様、毎度どうも」

店の主人は稀代を見ると、嬉《うれ》しそうに愛想良く挨拶《あいさつ》をし、慣れた手つきで袋を二つ取り出した。

「お二つでよろしゅうございましたよね」

「ええ、ありがとう。今日は晴れてよかったわね」

稀代は当然のように自分と嫁の志津《しづ》の分として、二袋を買い求めた。

続いて稀代は、二軒隣にある楊枝屋に寄り、ついで草履屋の親父には鼻緒の調子を相談した。

「へぇ、またいつでもいらして下さいまし」

いずれの亭主も稀代が来たのを喜び、稀代も楽しげに商品を見入っていた。

普段買い物に出ない稀代にしては珍しいと、佐保は思ったが、普段しないだけで、実は稀代はかなりの買い物好きなのである。

「え～切山椒《きりざんしょう》、切山椒はいかがで」

トトントンと調子のいい包丁の音と共に屋台の切山椒売りが声をかけてきた。

切山椒は縁起菓子の一つで、上新粉に砂糖と炒《い》った山椒粉を混ぜて練った生地を蒸し、臼《うす》で搗《つ》いたものである。

　そこの売り手は両手に包丁を持ち、小気味よく調子をつけて生地を拍子木の形に切っていく。

　山椒は日本最古の香辛料として知られる。葉と実には強い香りがあり、古来から邪気を払うと考えられた。生薬としても内から身体を温める効能に優れているので、冷え性の者に用いると良い。

　佐保は、身体が冷えて困ると漏らしていた芳の顔を思い浮かべた。

　お土産に買おうかしら……。

　すると、佐保が欲しがっているのを察したのか、稀代が三袋買い求めた。

「皆への手土産にね」

「ありがとう存じます！」

「さて、そろそろ元堅が出てくるでしょう。迎えに行きましょうか」

　先ほど待ち合わせの約束はしていなかったが、どうやら稀代と元堅の間では決まっていたらしい。

「どちらでお待ち合わせを？」

　佐保の問いには答えず、ふふっと稀代が笑った。

　その視線の先、伝法院《でんぽういん》の門前に目をやった佐保も思わず笑顔になった。

黒々と、「金龍山浅草餅《もち》」と染め抜かれた暖簾《のれん》が揺れていたからである。

なんとかして御札を手に入れなければ、浅草餅にありつくことができない――。

元堅は必死に背伸びして手を伸ばしていたが、今年に限って御札は元堅の頭上に降りてきてくれない。

いや、やっと来たと思っても押し合いへし合いされて、足を蹴《け》られ転びそうになる。それでも飛び上がって手を伸ばしたのに、横からかっさらわれるという具合で、全く以《もっ》てついていない。

「おい、押すな、押すなというに！」

侍らしく怒鳴ってみても、周りの男たちも負けてはいない。

「観音様の前で、二本差しも町人もあるもんかね！」

と怒鳴り返される始末だ。

次こそは！

と、手を伸ばしたそのとき、元堅の背後から、御札を摑《つか》んだ手があった。

「あ〜〜」

我ながら情けない声が出てしまった。もう座り込んでしまいたい気分だ。

と、そのとき、

「こりゃ、若先生」

元堅が振り返ると、そこに立っていたのは、去年まで佐保が世話になっていた吉原の大見世玉屋の総領息子颯太であった。歳はたしか佐保より一つ上だと聞いていたが、かなりしっかりしていて、大人っぽい。背丈もこの前会った時よりもまた伸びたようで、元堅より頭一つは大きく、見上げる形になるのが悔しい。

今日の颯太は鼠色の細い縞柄《しまがら》の着物に臙脂《えんじ》色《いろ》の献上帯を締めている。寒さなんて感じないのか、羽織どころか、片袖《かたそで》をまくっていて、胸元からもちらり、帯と同じ臙脂色の襦袢《じゅばん》が見え隠れしていた。

ちょいと小粋に髷《まげ》を斜めにしているのも、艶々《つやつや》とした黒い鬢《びん》からはハラリと一筋、乱れ髪が落ちているのも何もかもが決まっていて、小憎らしい限りである。

「失礼いたしました。どうぞ、これを」

颯太は大人びた手つきで、元堅の前に御札を差し出した。

「いや、しかし……」

「御札なら、こいつらもいただいてるんで」

と、颯太は後ろに目をやった。

颯太の後ろには男が二人控えていて、彼らもまた御札を手にしていた。

確か、歳がいった方の男は清蔵《せいぞう》とかいう玉屋の男衆だ。

要らぬと突っ返したいところではあったが、それもなんだか子どもっぽい。

「そうか……すまぬな」

元堅は素直に受け取ることにした。

「老先生はお元気でしょうか」

颯太はそう問いかけてきた。

「ああ、相変わらず達者だよ」

「またいつでも遊びにいらしてくださいましと、お伝えください」

「ああ」

老先生とは、立花瑞峰《たちばなずいほう》のことだ。元は周防《すおう》の出で、今は医学館で教えている。いわば、名誉教授のような人物である。

颯太は瑞峰に脚気《かっけ》治療をしてもらって以来、恩人だと思っていた。いやそれだけではない。このとき、瑞峰は佐保に颯太のための料理を作らせた。佐保には「水穀《すいこく》の精微《せいび》（飲食物から得られる栄養で人にとって必要なもの）」がわかる不思議な才能があると見抜いたからであった。そうしてこの縁で、佐保は遊女になることなく、医学館に来ることができた。颯太は佐保の才を見抜き、料理人にしたいと言った瑞峰に対して、より深い恩義を感じているのであった。

「山三郎どのはその後どんな具合だ」

と、元堅は尋ねた。颯太の父、玉屋の主人で吉原惣《そう》名主でもある山三郎は冬に入ってから腰を痛めていた。

「おかげさまでもうすっかり。おとなしく寝ていてくれた方が、こっちは助かったんですが……では」

颯太は軽く笑ってから、一礼してきびすを返そうとした。

「佐保も来ているぞ」

言っていいものか戸惑いつつ、元堅はそう口に出していた。

「その辺にいる。会っていかぬか」

颯太はそれに対しては返事をしなかった。

ただ、にっこりと笑って再び丁寧にお辞儀をし、風のように去って行ったのであった。

「元堅さま、遅うございますね。捜して参りましょうか」

浅草餅屋《もちや》の店先の腰掛けに座り、佐保はそう稀代に問いかけた。

節分会のために急遽《きゅうきょ》しつらえられたらしい緋毛氈《ひもうせん》の腰掛けは参詣《さんけい》帰りの客で、みごとに満員である。

「そう急《せ》かぬともよい」

稀代は鷹揚《おうよう》に構えている。

「せっかく座れたのです。まずはゆっくりと味わいましょう」

と、稀代は茶菓子として運ばれてきた浅草餅の皿に手を伸ばした。

浅草餅は柔らかく搗いた餅に餡《あん》を絡めた、いわゆる餡ころ餅である。

「これは享保《きょうほう》の八代《はちだい》さまの頃に、輪王寺《りんのうじ》の宮さまがお召し上がりになり、これはたいそう美味《おい》しいとおっしゃって、名物金龍山浅草餅と名付けられたのですよ」

八代さまとは徳川吉宗《とくがわよしむね》のこと。輪王寺の宮さまとは上野寛永寺の貫主を指す。代々宮家の男子がこれを務めたので、尊敬と親しみを込めてそう呼ばれた。

稀代はまるで見てきたかのように話しながら、餅を器用に一口大に楊枝《ようじ》で切って、上品に口に運んだ。

「ん〜、これこれ」

待ちわびていたとばかりに、幸せそうな声を上げる稀代はいつもの厳しさが消えて、まるで幼い少女のようだ。その横顔は元堅が好物の塩豆大福を頬張って満足している顔に似ていて、佐保は何だか嬉《うれ》しくなった。

「何か可笑《おか》しいですか？」

稀代の顔が一瞬、いつもの厳しい表情に戻った。

「いえ」

佐保は慌ててかぶりを振ると、浅草餅を頬張った。

餡は塩豆大福より少し甘い気がする。その分、頭の芯《しん》からふわ～っと疲れが飛んでいく。たっぷりの餡に隠れていた餅はやわやわで、よく伸びる。

「わぁ～」

思わず、佐保も目を細めた。一緒に運ばれてきた渋い緑茶がまた合う。渋みが甘みを引き立てるのだ。ふわふわとした心地になって、頬も緩む。そんな佐保の顔を見ながら、稀代は満足げに茶を啜《すす》った。

「遠慮せず、いっぱいお食べ」

すっと心に入る柔らかな声音だ。

佐保は、はっとなった。

もしかしたら、大奥さまは藪入《やぶい》りで帰るところがない私を可哀想に思って、今日、連れ出してくれたのではあるまいか――。

女中頭の芳をはじめ、他の奉公人たちは藪入りを楽しみにしていて、実家の話をするが、そんなとき佐保は話に入ることができず、そっと抜け出すのだ。その様子を稀代は見ていてくれたのかもしれない。

鼻の奥がツンとなり、急に餡が塩っぽく感じられた。佐保は慌てて視線を上げた。

五重塔が目に入る。あの裏手には懐かしい吉原がある。

佐保の脳裏に、大火事で親とはぐれた七歳の頃から、育ててくれた玉屋の人たちの顔が浮かんだ。

今年はどんな節分を過ごしているんだろう。寂しくないかといえば、嘘になる。でも、私には今、あの人たちと同じくらい、気遣ってくれる人がいる――。

「食べないのなら、私がいただきますよ」

「いえ、いただきます！」

と、佐保が餅《もち》の皿を抱え込んだそのとき、本堂の方角から、元堅が現れた。

元堅は、取ったぞとばかりに御札を持った手を振ってみせた。

浅草寺を後にした颯太はその足で吉原へと戻ろうとしていた。

元堅にはああ答えたが、父山三郎の腰の具合は、年が明けてもあまり芳しくなかった。寝込みこそしないし、元気そうに振る舞ってはいるが何かの折に顔をしかめる。今、痛みを辛抱しているのではと感じてしまう。そう思って見るせいか、父の白髪も増えたように思う。

いつも側にいるからこそ感じる微妙な変化だが、それが颯太には寂しく、怖ろしくもあった。

父の老いというものを初めて感じたからかもしれない。母を子どもの頃に失ってから、血の繋《つな》がった者は父しかいない。その父もいつかは自分の前からいなくなってしまう——。山三郎が聞いたら縁起でもないと怒るだろうが、颯太はこれ以上身近な人を失いたくないと切実に感じていたのだ。

佐保はまだいい。たとえ会えなくても、元気に自分の道を歩いているのだから。

大川《おおかわ》沿いの日本堤《にほんづつみ》を小走りに、見返り柳の前まで来た時だった。

颯太は横手から若い女に声を掛けられた。

「あれ、颯さん」

「おお」

立ち止まった颯太を見て、そこまですぐ後ろにいた清蔵がそっと離れた。

女の名は小夜《さよ》。吉原に通う客を当て込んだ船宿、月屋《つきや》の雇い女である。

「どうした」

「別に待ってたわけじゃないよ」

と、小夜は岡持を掲げてみせた。

月屋には腕の良い料理人がいて、吉原内の楼に仕出しもするのである。

小夜は颯太の方へそっと身を寄せ、殆《ほとん》ど聞こえないほどの声で囁《ささや》いた。

「会えたらいいなぁとは思ったけど」

小夜は黒目がちの目をしている。歳は颯太より二つ上。取り立てて美人というわけではないが、笑うとできる片えくぼに少女のような愛らしさがあった。色も白く張りのある肌をしていて、唇はふっくらと艶《つや》があり、思わず吸い付きたくなるような色気を感じるときもある。どこか子どものようで、それでも大人。

別に客を取っている女ではない。だが、素人でもない。

生娘のような頑《かたく》なさと同時に、放っておけばどこまでも沈んでしまうような不安定さを感じさせる。妙に気を惹《ひ》く女だった。

「またね」

小夜は明るくそう言うと、颯太の側を離れた。いつぞや寝たときと同じく、去り際はあっさりとしている。

「私、男には惚《ほ》れないことにしてるの。惚れたって、いいことなんて何もないもの」

初めての夜、火照った身体で抱き合いながら、小夜は掠《かす》れた声でそう呟《つぶや》いた。

大川からの風が小夜の着物の裾《すそ》を乱した。すると、はっとするほど白いふくらはぎが見え、客待ちをしていた駕籠《かご》かきたちが冷やかしの声を上げたが、小夜は何も聞こえなかったように前を向いて、走り去った。

「……行くぜ」

颯太は清蔵に向かって大人びた声を出した。

三

佐保たちは浅草寺からの帰り、花川戸《はなかわど》に廻《まわ》って、鰯《いわし》売りの要蔵《ようぞう》お勝《かつ》夫婦の店を訪ねた。

棒手振《ぼてふ》り商売から身を起こし、小さいながら表通りに店を構えるまでになったのだから、要蔵もお勝も大変な働き者である。

店先で鰯を焼いているのだろうか。近づくにつれ、鰯の焦げた良い匂いが漂ってきて、元堅の腹がぐーっとなった。

「この子はもう、餅を食べたばかりでしょうに」

と、稀代が呆《あき》れ顔になった。

「まぁ、あんなに人が」

店の前に来て、佐保は思わず声を上げた。

匂いに誘われてか、焼いた鰯を求めて人だかりができていた。

「おい、こっちにもおくれ」

「はい！　ちょっとお待ちを」

「あらあら忙しそうなこと。少し待っていましょうか」

稀代の声に気づいたお勝が振り返った。

「あれ、大奥さまに佐保さんじゃありませんか！　まぁまぁ若先生も。どうぞ中へ」

上手《うま》い具合に客が途切れたのを見て、稀代たちは中に入った。

「すぐ失礼しますからね」

稀代は気を遣ってくれるなというように微笑んだ。

「節分には鰯をと思っただけだから」

「わざわざお越しいただかなくても、お届けするつもりでおりましたのに」

お勝はつわりもない様子で元気そうだ。

身重になってからというもの、外に出なくても仕事になるようにと佃煮《つくだに》づくりなども始めたようで、大きな鍋釜《なべかま》からは甘辛い良い匂いがしている。表に面した店の一角には焼き物用に炭火と網がしつらえられ、その前で要蔵がこの寒いのにも拘《かか》わらず、汗を拭《ふ》き拭き、鰯を焼いている。

古来から、節分には焼いた鰯の頭を柊《ひいらぎ》の葉付き小枝に刺して、玄関に飾ると魔除《まよ》けになるとされる。柊の葉には棘《とげ》があり、鬼が尖《とが》ったものと臭いものを嫌うからである。

「焼いて売ることにしたら、えらく繁盛しちまって。おかげで一日、こんな具合ですよ。いらっしゃい！」

お勝の声は弾んでいる。また一人客が現れた。

「一尾からでも構いませんよ」

お勝は商売上手らしくすかさず声をかける。

「商売繁盛はよいことですよ。良かったわね、要蔵さん」

と、稀代は火の前にいる要蔵を見やった。

「へぇ、どうも。ゆっくりなさっていってくださいまし」

要蔵は相変わらず口数は少なめだが、顔はニコニコと愛想良くなった。

子どもが出来るのが嬉《うれ》しくてしようがないのだろう。時折、お勝を見る目も和らいでいて、張り合いがあるのがよくわかる。

「おい、無理すんな」

要蔵はお勝を気遣って、重たいものは持たせず、さっと横から手を差し伸べる。

「俺がやるから、座ってろ、座ってろ」

と、要蔵がお勝の代わりに、座布団を用意したり茶を出そうとしたり、相変わらずの仲睦《なかむつ》まじさだ。

そのくせ、鰯の火加減は心得ていて、ちゃんと見計らって、鰯をひっくり返していく。鰯には脂がよくのっているから、下手な者だと火を付けて黒焦げにしてしまうことがあるのだが、今もぷくっと皮が盛り上がり、脂がじわ～っと流れた瞬間を見逃さず、さっとひっくり返した。見事な手さばきだ。

佐保が感心して、じっと要蔵の手元に見入っていると、

「ほうら、腹が減ってくるだろう」

と、元堅が茶化してきた。

「もう、一緒にしないでください」

佐保が軽くいなしていた。

「『目と口のために食すな　ただ食は腹の加減を第一とせよ』でしょ、元堅さま」

佐保が言った『目と口の……』は、元堅の祖父多紀元徳《もとのり》が詠んだ「養生歌」の一首であり、多紀家の家訓ともいうものであった。

「そんなことは」

百も承知だと言おうとしたのだろうが、横で稀代が、コホンと小さくわざとらしく咳《せき》をしてみせ、元堅は肩をすくめた。

そこへお勝が焼き上がった鰯や佃煮を載せた皿と徳利《とっくり》に茶碗《ちゃわん》を二つ持ってきた。

「元堅さま、どうぞこれを肴《さかな》にこの人に付き合ってやってくださいな」

「構わずとも」

と、稀代が止めようとしたが、それより先に要蔵が茶碗酒に手を伸ばした。

「せっかくカカアがそう言ってるです。先生、一杯やりましょうや」

「いいじゃないですか、ねぇ。お味見してくださいましよ」

と、お勝がさらに勧めた。

「そうか……そうだな。せっかくだよな」

稀代が横目で睨《にら》んだが、元堅はもう一度「せっかくですから」と念を押すように言ってから嬉しそうに手を伸ばした。

とそのときであった。店の裏手から、激しい赤ん坊の泣き声が聞こえてきた。

それはもう耳をつんざくような激しい泣き方である。

「どこの子かしら」

様子を見に行こうかと佐保が思わず腰を浮かしたのと、お勝が心配そうに泣き声の方を見たのが同時になった。

「あれはどこの御子？」

と、稀代が問いかけた。

「裏のおせいさんとこの子で……そうだ、先生、よかったら一度診てやってもらえませんか」

「え？　わ、私？」

利き手に茶碗酒を持ち、口に鰯《いわし》をくわえたまま、元堅が返事をした。

「病人なのか、そのおせいとかいう女」

「おせいさんじゃなくて、赤ん坊の方ですよ、先生」

「赤子か……」

酒がまだ残っているのにと、恨めし気に茶碗酒を放さない元堅を見て、稀代は任

せておけないとでも思ったのか、

「佐保、お前が様子を見てらっしゃい」

　と言いつけた。

「はい！」

言われなくても行く気満々だった佐保は、すぐさまお勝に案内を頼んだのだった。

おせいの家は、お勝たちの店のある表通りから一筋中に入った長屋にあった。

「いい加減にしてもらわないと困るよ」

家の前で、腰の曲がった年寄りが若い女に文句を言っていた。

「すみません、すみません」

　と、女は頭を下げている。

「赤子は泣くのが当たり前じゃないですか」

佐保は年寄りに文句を言おうとしかけたが、お勝がそっと袖《そで》を引いて止めた。

「あれはこの辺りの大家なんだよ」

大家と揉《も》めたら、この寒空に放り出されることにもなりかねないというのだろうか。大家の小言はねちねちと続いていた。

「私だって言いたかないけど、色々とね、わかるだろ。頼みますよ」

「はい、すみません」

女の後ろからは、まだ引き攣《つ》ったような赤ん坊の泣き声が続いている。

「ああ、もう、あんたの面倒が悪いんじゃ」

「大家さん！」

たまりかねたように、お勝が声をかけた。

「おお、お勝さんかい、さっきは焼き鰯ありがとうよ」

「いえ、あんなもんでよかったら、いつでも。ちょいと良いですか？　おせいさんにお客をお連れしたもんだから」

「ああ」

大家は仕方ないというように一つため息をつくと去っていった。

「……ありがとうございます」

おせいが頭を下げた。

「いいんだよ、そんなことは」

「でも、えっと……」

おせいはお勝の後ろにいる佐保を怪《け》訝《げん》そうに見た。

「こんにちは。佐保と申します」

と、佐保は挨拶《あいさつ》をした。

「ほら、前に話しただろ、多紀家の、あたしがお世話になった」

「ああ、あの」

と、おせいは頷《うなず》いた。どうやら、佐保のことはお勝から聞いていたようだ。

「話を聞いてやってくださいね。それと」

と、お勝は焼き鰯の載った皿をおせいに差し出した。

「でも、お代が」

払えないと首を振ったおせいに、

「売れ残りだから、食べてくれないと猫にやることになっちまう」

お勝はそう言って強引に皿を手渡した。

「……いつもすみません」

「いいのさ。じゃあたしゃ、店に戻ってますから」

よろしくと軽く頭を下げて、お勝は去っていった。

「おせいさん、中へ。赤子の様子を教えてください」

お勝を見送っているおせいを促して、佐保は家の中に入った。

土間の奥に一間あるだけ。長屋の中でも狭い方だろう。

綺麗《きれい》に掃除はされているが、なんとも寒々としている。物が少ないせいか、それとも……。

「ひっ、ひっ……」

さっきまで必死に泣いていた赤ん坊がしゃくりあげたような声を出した。

「すみません」

おせいはそう断って、赤ん坊の元へ急いだ。

赤ん坊は奥の部屋に敷いた煎餅《せんべい》布団《ぶとん》に寝かされていた。

泣き通しだったのだろう。この寒いのに真っ赤な顔をして汗をぐっしょりとかいている。

「お願いだよ、もう泣かないでおくれよ」

そう言いながら、おせいは涙声になった。おむつを替えながら何度もため息をつき、涙を拭《ぬぐ》っている。

赤ん坊はまだ生まれて三か月ほどか、男の子である。少し小さいのが気になる。

あまり乳が飲めていないのかもしれない。

おむつを替えてもらってようやく落ち着いたのか、すやすやと眠り始めた。

眠った顔は可愛い。

「夕べも夜中じゅう、泣かせてしまって。何でって、つい怒鳴って、また余計に泣かせてしまって……」

おせいの歳は佐保より少し上の十八か十九か。まだ若いはずだが痩《や》せぎすでとても疲れた表情をしている。顔色も悪い。

「大家さんがおっしゃるのも仕方ないんです。私がこんなだから」

情けないと涙をまた流しながら、おせいは問わず語りを始めた。

四

「赤子の便はコロコロしていたというのだな」

「はい」

「小水は出ているのだな」

「はい」

その夜、佐保は、おせい母子のことを多紀家の主人元胤に相談していた。

「毎晩夜泣きが激しいと、その母親もかなり気をすり減らしていることだろうな」

と、元胤は心配そうに眉《まゆ》を寄せた。

医学館の督事（館長）で、将軍家のお匙《さじ》（主治医）でもある元胤だが、偉そうぶるところなど微《み》塵《じん》もない。弟の元堅と比べると線は細く、真面目を絵にかいたような人物だが、その分、おせい母子のこともちゃんと診てくれるはずだと佐保は頼もしく思っていた。

「はい。つい苛々《いらいら》となって何もかも放り出したくなると言ってました。それに、乳が出なくなったと悩んでいる様子でした。もらい乳などしてしのいでいるそうなんですが……他人の乳は嫌がってあまり飲んでくれないと」

おせいによると、生まれてすぐはまだ乳が出ていたらしいのだが、ここひと月、出なくなったという。

「母親の乳房は見たか」

「はい。張って痛いと。少し熱もある様子で」

「そうか、乳癰《にゅうよう》になっているのかもしれぬな」

と、元胤は呟《つぶや》いた。

乳癰とは乳腺炎のことで、乳腺に母乳が詰まったり雑菌が入ったりすることで起きる。主に授乳し始めてひと月半ほど過ぎてから患うことが多い。腫《は》れて痛みや熱を生じ、母親にとってはかなりの苦痛になる。

　原因は赤ん坊が上手く吸いつけず乳首に傷がつくということもあるし、母乳が残ることでも起きる。また、疲労や精神不安、栄養不足からなることもあった。

「ともかく、一度、赤子を連れて医学館に来るように言いなさい」

「はい。それは申しました。お代は要らないのだから、心配せず診てもらえばよいと」

「うむ」

　と、元胤は頷いた。

「ところで、その女の亭主は何をしているのだ？」

「それが……」

　と、佐保は言いよどんだ。

「腕の良い大工らしいのですが、仲間と一緒に房州《ぼうしゅう》に出かけて帰ってこなくなったと」

「いつからだ」

「赤子が生まれる少し前のことらしいです。よい儲《もう》け話がある。産み月には戻るからとそう言って出かけたそうなんですが」

佐保の脳裏にせつなげに吐息をもらしたおせいの顔が浮かんだ。

「初めのうちは便りもあって、金も送ってくれていたそうです。子どものことも楽しみだと書かれてあったとか。それが、赤子が生まれてから便りがなくなって」


「私がこんなだから」

佐保と話している間、おせいはその言葉を何度も繰り返した。

「こんなって？」

何度目かの時、佐保は問いかけた。

「何も取りえがなくて……、あの人、愛想尽かししたんじゃないかって、そう思うんです。きっと良い女《ひと》ができて、帰りたくなくなったに決まってます」

おせいはそう言うと、激しく嗚咽《おえつ》を漏らした。

それを合図のように、眠っていた赤ん坊が起きだし、また泣き始めたのだった。

「おせいさんになんて言ってあげたらいいのか、わからなくて」

元胤におせいの様子を話しながら、佐保は唇を嚙んだ。

「うむ……たしかに何と言えばよいか、迷うな」

「先生！　どうしておせいさんのご亭主は帰ってこないんでしょうか。殿方というのは身重の女房がいても、ほかへ心を移してしまうものなんでしょうか！　教えてください！　先生！」

「え、いや、それは、なんというか……」

元胤は返事に詰まった。にじり寄った佐保の目は真剣そのものだ。

「そうだな。例えば、身重の女房がいても吉原に遊びに行く男もいるだろうし。いや、それが良いと言っているわけではないが、そのぉ……」

元胤が弱り顔なのを見て、佐保は頭を下げた。

「……すみません。先生にお聞きすることじゃないですよね」

元胤はほっとしたように小さく苦笑いを浮かべて一息ついた。

「なぁ、佐保さんのことだ。何か作ってやったのだろう？」

「はい」

と、佐保は頷《うなず》いた。

「蓮《はす》の実入りの麦粥《かゆ》がよいかと思って……医学館の台所から蓮の実を頂戴《ちょうだい》しました」

事後承諾になったことを佐保は詫《わ》びた。

「ほう、蓮の実か。よく思いついたね」

「いいえ」

と、佐保は小さく首を振った。

「初めは何も思い浮かばなくて……でも、おせいさんの話を聞いての帰り、大奥さまが不忍《しのばず》の御池へ行こうとおっしゃって、少し寄り道をしたのです」

上野不忍池は、夏の間、蓮の花の名所として知られる。

広大な池は蓮で埋め尽くされ、緑の池と化し、早朝から薄紅や白の蓮の花が咲くさまはまさに極楽を思わせる。

だが、冬になれば、あれほど繁っていた蓮は枯れ落ち、荒涼とした水面となる。

佐保が見たときも池のほとりには雪が積もり、枯れた蓮の茎が水面から突きでて、いかにも寒々としたものだった。ただ、救いがあるとしたら、鳥の一群が羽を休めていたことぐらいか。

「……大奥さまは、これはこれで趣きがあってよいと」

「母上はあそこで鳥を観るのがお好きなのだ。遠く異国から飛んでくる鳥をな」

と、元胤が懐かしそうな顔になった。

この時期、不忍池には遠い北の国から多くの渡り鳥がやって来るのである。

「子どもの頃、何度かご一緒したことがある。鴨やゆりかもめ、それに……」

「名は知りませぬが、白くて大きな鳥もおりました」

「そうか、飛び立つさまはさぞ美しいことだったろうなぁ」

と、元胤も観たがった。

「たぶん」

と、佐保は苦笑いを浮かべた。

「実は私は飛び立ったところを観ていないのです」

「ん？」

「ずっと蓮の茎を見ておりました。枯れた茎の先で、大きなハチの巣のような蓮房《れんぼう》が揺れておりました。で、そのとき授業で蓮の実が熱を取り、気を穏やかにすると習ったことを思い出したのです」

蓮の実は、蓮の花が咲いた後にできる実のことである。蓮の花びらが落ちた後、その花托《かたく》部が肥大し盛り上がってくる。これを蓮房と呼ぶ。蓮房は小さな穴がいっぱいあいていてまるでハチの巣のようにも見えるものである。その穴一つ一つに丸い実が生《な》るのである。

蓮はその地下根茎（蓮根《れんこん》）を食用にすることはよく知られているが、実を取り立てて食べる人はあまりいない。だが、蓮は漢方では根も花も実も茎、葉に至るまで、捨てるところがない生薬として使われる。

蓮の葉である荷葉《かよう》はむくみや肥満に、蓮房は、血流を良くする一方で止血の効果もあり、実の中にある芯《しん》の部分は清熱《せいねつ》薬になり、ほてり、イラつきを伴う不眠、高血圧に良いとされるのである。ちなみに蓮根は二日酔い、のどや鼻の腫れを鎮めるのに優れている。

「うむ。よく気づいたな。確かに蓮の実であれば、熱も取るし、いらだちを鎮めてくれるからな。だが、蓮の実は少し苦かろう」

「なので、かぼちゃも一緒に炊くことにいたしました」

「うん。それは良い。かぼちゃのほっこりとした甘みもまた、気を落ち着かせる。それに、寒い時期には体も温める。胸の熱はとってもいいが、何事にせよ、冬場の冷えは大敵だからな」

「『冬寒にあたれど冬は目に見えず　春にいたりて大病となる』ですね」

佐保は「養生歌」の一首を口にした。

冬の冷えにはよくよく注意をしておかなければ、知らぬ間に溜《た》まっていき、春になったとき大病の元になるという意味であった。

「そういうことだ」

よく勉強していることを褒めるように、元胤は微笑んだ。

佐保はほかの医学生との同席は許されていない。女でもあり医師でもない身では致し方ないことで、隣の部屋から襖《ふすま》ごしの聴講が許されているだけだ。だが、熱心さは誰よりも勝っていた。

五

翌日、さっそくおせいが赤ん坊を連れて、医学館へとやってきた。

「本当に私なんぞが来てよかったのでしょうか」

おせいにとって、江戸城奥医師である元胤は雲の上の人だ。畏《おそ》れ多くて、仕方ないのであろう。

「大丈夫だって。先生はお優しいから」

不安がるおせいに付き添って、佐保は元胤の診察室に入ることにした。

「だいたいの話は聞いているよ。で、どうだね、夕べは」

と、元胤が優しく赤ん坊へ目をやった。

「はい。不思議なことに夕べはよく寝てくれました」

と、おせいは応じた。少しほっとしたという顔になっている。

赤ん坊も昨日よりは少し元気そうに、佐保には思えた。

「佐保さんが作ってくれた粥の上澄みを少しこの子に飲ませました」

「いいかな」

と、元胤は赤ん坊を預かり、診察を始めた。

「うむ。確かに少し細めだがこの子は立派な手足をしている。きっと大きく育つよ」

元胤の言葉に、おせいは嬉《うれ》しいような悲しいような少し複雑な顔になった。

「亭主は大柄の人でした。きっと似たんですね」

元胤はそれには答えず、赤ん坊の腹や胸を念入りに診ていた。

診察されている間、赤ん坊は不思議なものを見るように、くりくりとした目で一心に元胤を見つめている。悪い人ではないということがよくわかっているようだ。泣きもしない。

「うむ。特に問題はないな」

と、元胤は呟《つぶや》いた。

赤ん坊はキャッキャと嬉しそうな声を上げた。

「おおわかるのか。聡《さと》い子だな」

と、元胤は笑ってから、おせいに向き直った。

「おそらく、この子に必要なのは『清心安神』だろうな」

「せいしんあんじん……」

おせいは繰り返したものの、意味がわからないのだろう、困った顔になった。

「気を鎮め、落ち着くことが肝心ということだよ」

かみ砕くように元胤はゆっくりと言葉を発した。だが、おせいはますますわからないという様子で、

「でも、どうしてやれば、子どもの気を鎮めることができるのでしょう」

「それはな……」

と、元胤はおせいの顔をじっと見て、優しく微笑んだ。

「まずは母親のお前がゆっくりと眠ることだ」

「えっ……」

おせいの戸惑いが増した。夜泣きがひどくて眠れないから困っているのにとでも言いたげだ。

一緒に聞いていた佐保も混乱していた。

元胤先生は何をおっしゃりたいのだろう——。

「では、今度はお前を診ようか」

元胤は、傍らで控えている佐保に、「よく見ておきなさい」と、一言言ってから、おせいの診察を始めた。

目や舌、それに爪の様子を念入りに診てからこう呟いた。

「やはり血が足りておらぬな……なぁ、おせいさん、産むときは難産だったのか」

「はい……」

頷《うなず》くと元胤はおせいに胸をはだけさせた。

よく乳の出そうな立派な胸をしている。だが、やはり腫《は》れがあるようで、元胤がそっと触っただけでも痛そうに顔を歪《ゆが》めるのであった。

「この腫れにはよく効く膏薬《こうやく》がある。薬も調合してあげよう」

「ありがとうございます」

頷いたものの、おせいは不安げだ。

「心配はない。腫れはすぐに良くなる。ただな、今言ったように血が足りておらぬ。養生が必要だ」

元胤の声音は優しい。

「人が眠れぬ時には様々な理由があるものだが、肝心脾《かんしんひ》が大事でな。どれが弱っても、眠りが浅くなる」

「かん、しん、ひ……でございますか」

「大事なことを肝心要《かんじんかなめ》と言うであろう。あの肝と心だ。それに、脾は腹のことだ。何か食べたり飲んだりするとそれは脾でこなされ、人が生きていく上で大切な気となる」

「はぁ……」

元胤はさらにわかりやすくおせいに話して聞かせた。

「気の一部は脈中を進み、心で赤く色づき血となる。肝というのはな、その血を蓄えておくところだが、出産では血がたくさん使われてしまう。すると、心は一所懸命にまた血を生み出さねばならないと頑張る。だが、心が弱っていると血も出来ぬ。血がないと、食べる気すら起きず、脾も弱り、そうなるとすべてが悪い方へと回っていく」

「心が弱る……」

思わず佐保は呟いていた。

人の心は様々な理由によって弱る。漢方では喜・怒・思・憂・悲・恐・驚の七つの感情が人を左右すると考えられており、この七情《しちじょう》の変化が著しく起きた場合、心は傷つくと考えられていた。

おせいの場合、出産で体が弱り、そこへもってきて亭主の失踪《しっそう》が七情を著しくかき乱し、心を弱らせたのは紛れもない事実であった。

佐保は元胤を見た。わかったかというように元胤は佐保を見ている。佐保が頷くと、元胤はおせいへと目を転じた。

「佐保さんが、お前にまず粥《かゆ》を作ってみせたのは、食欲がないのをみて取ったからであろう。それに佐保さんが選んだ食材は心を落ち着かせるものだった。母親の苛《いら》立《だ》ちは子にうつるからな」

「そうだったんですか。すみません」

おせいは佐保へ向き直り、頭を下げた。

「私が悪いばっかりに。……本当にすみません」

「そんなのいいんですよ、私は好きでやってるだけだから」

「でも、やっぱり私が悪いんです。この子を泣かせてたのも、つまるところは私が悪いから」

「いや、そうではない。なんでもそう考えるのがよくない」

と、元胤は優しく諭すように言った。

「誰もお前を責めておらぬ。いいか、亭主のことも、お前の取り越し苦労かもしれぬであろう？　ただ本当に仕事が長引いて、帰るに帰れずにいるだけかもしれぬ。悪い方にばかり考えたくなるのもわからないではないが、もう少しゆったりと構えていてもよいと、私は思う」

「でも、どうしたらいいか」

と、おせいは胸に手をやった。

心配しなくてよいと言われても、子どもが乳を欲しがって泣いていれば、どうしていいかわからなくなるのは道理であった。

「そうだな、痛みがある間、乳をやるのは無理であろうから」

そう言ってから、元胤は佐保に目をやった。

何か食べさせたいものがあれば、言ってごらんという顔であった。

「……何か白いもの」

単純ではあるが、乳を思い浮かべるとどうしても白いものが目に浮かんだ。

「そうだ！　先生、甘酒はいかがでしょう！」

「うむ。いいだろう。甘酒には滋養がたっぷり含まれている。体も温まるし、ほんのり甘く、気が落ち着くしな」

「でも、お酒なんて赤ん坊に飲ませていいんですか？」

と、おせいが問うた。

「酒粕《さけかす》からではなく、麹《こうじ》から作る甘酒なら、酒といっても酔うことはない。赤子に飲ませても大丈夫だ」

と、元胤が答えた。

冬場のものと思われがちだが、江戸時代、甘酒は夏場の体力回復のために飲むものであった。

作り方には二通りあって、一つは酒粕を溶いて作るもの。そしてもう一つは蒸した米に麹を混ぜて一晩保温し作るもの。後者の麹甘酒は一夜酒とも呼ばれたがアルコールは含まれない。但し、温度管理（六〇℃前後で保温）が重要であった。

「ただ、作るのが面倒だがな」

「お任せください！」

と、今度は佐保が張り切って答えた。

「麹の甘酒なら、何度か作ったことがありますから」

「そうか。では頼んだぞ」

「はい！」

返事をするなり、佐保は台所へと走り去った。

おせいがびっくりしたような顔で見送っている。

「任せておけばよい。甘酒は子だけでなく、お前も飲んで精をつけるのだ。いいな」

元胤はもう一度優しくおせいを見た。

「おお、それで儂《わし》らは相伴に与《あず》かれるというわけだな」

元胤から話を聞きながら、瑞峰は佐保が注ぐ甘酒に目を細めた。

甘酒を入れた甕《かめ》からはふくいくとした、なんともいえず柔らかな甘い香りが漂ってくる。炬燵《こたつ》を使って一晩じっくりと醸して作った甘酒であった。

「味見に呼んでくれるとは、なかなか気が利いておるではないか」

「褒めてもこれ以上は何も出ませんよ。さ、どうぞ」

と、佐保は元胤と瑞峰の前に甘酒を入れた茶碗《ちゃわん》を置いた。

瑞峰は手を伸ばすと、一口、口に含み、ゆっくりと味わってみせた。

「うむ、上々、上々。冬場に飲む甘酒もいいもんじゃて」

「ええ、身体が温まります」

と、元胤も美味《おい》しそうに飲み干した。

「生姜《しょうが》を入れたのか」

「はい。大人にはこの方がいいかと思って」

と、佐保は頷《うなず》いた。

生姜には体を温める効能がある。独特の辛みは、甘酒の甘ったるさを緩和させてもくれる。

佐保はおせいにも、自分が飲むときはすりおろした生姜をほんのひと匙《さじ》加えるように言うつもりであった。

「赤子もおせいさんも、元気になってくれればいいけど」

独り言のように佐保は呟《つぶや》いた。

「親と子は映し鏡。母親が落ち着けば、赤子の夜泣きも減るであろう」

と、瑞峰が応じた。

「ええ、腫《は》れさえ引けばかなり楽になると思うのですが……」

と、元胤も頷いた。

しかし、二人の話を聞きながら、佐保は小さく吐息を漏らした。

おせいの不安が赤ん坊を不安にさせたというのは合点がいった。

おそらく瑞峰先生がおっしゃる通り、おせいが落ち着けば赤ん坊の夜泣きも減っていくだろう。しかし、おせいの気が本当に晴れるとしたら、それはきっと、いなくなった亭主が何事もなく、戻ってくることなのだ。

でも、それがいつの日になることか、佐保にはわからないし、どうしようもできないことであった。

「あれぇ、ずるいじゃないですか」

突然、元堅の声がした。

「私だけ除《の》け者《もの》ですか！」

ドタドタとやってきた元堅はまるで大きな子どもみたいだ。

「はいはい、残してありますよ」

と、佐保は応じると、元堅のために甘酒を入れ始めた。

「そうこなくっちゃ」

食いしん坊らしく、元堅は嬉《うれ》しそうだ。

「元堅さまはいいですね……」

茶碗を渡しながら、思わず佐保は嫌みを言いたくなった。

「ん？　何がだ」

元堅は嫌みとは感じていない。ただもう甘酒を飲むのに夢中である。

「甘酒一つで、飛んで帰ってくる男であればな」

佐保の思いがわかるのか、元胤がそう呟いた。

第二話　春の邪気

一

春三月、雷鳴がとどろき、久々に激しい雨が江戸を濡らした。

その日、早朝から医学館はいつも以上に人が慌ただしく行き交っていた。

「おい、大丈夫だったか」

「ああ、お前は？」

「実は……と言いたいところだが、あいにく盗《と》られるようなものは何もない」

「それは俺もご同様」

学生たちは互いに良かったと笑い合っていた。

実は前夜、医学館に賊が忍び込み、薬庫や金庫が荒らされるという事件が起きたのであった。

　まさに春の嵐。とはいえ、賊はどれが高価な薬なのかよくわからなかったようで、薬箱はぶちまけられただけ。金庫の方は、賄い方の田辺耕三郎によれば、賄い費用などを納めていた金庫がこじ開けられていたが、支払いは済んだばかりで残金はほとんどなく、「不幸中の幸い」であった。

　立花瑞峰はそれを知って口悪く、

「骨折り損のくたびれ儲《もう》け。だいたい、こんな金のないところに忍んでくる奴の気が知れぬ。大馬鹿者じゃな」

　と笑っていた。

　しかし、病室で寝泊まりしていた患者の中に全財産を入れた財布がなくなったと騒いで町方へ届けた者が出て、笑い事では済まなくなった。

本来ならば医学館は若年寄《わかどしより》支配だが、月番の南町《みなみまち》奉行所から役人が二人差し向けられ、取り調べが始まったのである。

　医学館の学生はむろんのこと、医学館の使用人、隣接する多紀家の人々もみな聞き取りをされた。佐保も当然呼ばれた。役人の横には元胤が立ち会ってくれているにせよ、強面《こわもて》の役人が二人して、根ほり葉ほり聞いてくるのは気分のよいものではなかった。

次々と人が呼ばれる中、一番念入りに話を聞かれたのは、門番の和助《わすけ》であった。昨夜、和助は夜番も兼ねていたからである。

「本当に、誰も不審な者を見かけなかったのだな」

「へぇ……」

「お前、居眠りをしていたのではないのか」

「正直に申してみよ」

息をつく暇も与えず、役人は交互に訊《き》いてくる。

「滅相もねぇ、そんなことは」

和助は気弱そうに首をすくめ、元胤はその様子を心配そうに見ていた。

「表門は何時に閉める？」

「へぇ、どんなに遅くとも暮れ六つ（午後六時）には閉めることになっております」

「そこから夜番か」

「へぇ、昼の番が帰ってからも、明け方まではちゃんと起きておりました。夜中に急に病人が駆け込んでくることもございますし、火の用心の見回りもございます。

居眠りなどしては」

「絶対にないというのだな！」

「へぇ」

「では、誰がいつ、お前の目を盗んで押し入ったのだ！　うちから手引きをした者でもいたのか！」

役人たちはまるで和助が手引きしたとでも言いたげに迫った。

「そ、それは……」

和助がしどろもどろになったのを見て、元胤が助け舟を出した。

「この和助は真面目な男でございます。それに、ここに勤める者を盗人《ぬすっと》呼ばわりするのは止めにしていただきたい」

「いや、別にそのようなつもりは、なぁ」

と、役人たちは顔を見合わせた。

「役儀ゆえ、ご無礼があればお許しいただきたいが」

「無論、当方とて早く盗人を捕まえていただきたいとは願っているが、これ以上の身内への詮議《せんぎ》は無用に願いたい」

普段温厚な元胤がぴしゃりと言ってのける姿を見て、和助は一瞬驚いた顔になり、さらに勿体《もったい》ないとでも言いたそうに頭を下げた。

「しかし、盗みに遭った者がうるさく言い立てておりますし」

「我々もしっかりと詮議に励むよう、御奉行より仰せつかっておりますれば」

「お差配はありがたく存じている。しかし、今回のことは、私どもにも油断があったかもしれぬ。被害に遭った病人の金は当方にて弁償しておくと、南町奉行どのにはお伝えいただきたい」

「しかしそれでは」

「ともかく、今日はお引き取りを」

「……さようか」

役人は不承不承ではあったが引き下がり、和助はようやく解放されたのであった。


「大変でしたね」

佐保は和助にお茶と握り飯を勧めた。

取り調べが終わった和助は気の毒なくらいに気落ちしていて、手を伸ばそうともしない。大きく吐息を漏らし、「申し訳ねぇことになった」と繰り返している。

「和助さんのせいじゃないんだからさ、元気出しなよ」

と、医学館で一緒に賄い方の手伝いをしているマサが慰めている。

マサは四十年配、亭主に急死されてから二人の息子を女手一つで育てている。和助とは同じ頃から医学館にお世話になったとかで、仲が良い。多少がさつな面はあるが、いつも物言いに裏表なく、佐保にとっても話しやすい相手だ。

白髪頭の和助の方がよほど年上に見えるが、マサの前ではまるで弟か息子のような具合である。

「ありがとよ。けど、やっぱり俺のせいだ。俺が役立たずだからよ」

そう言って、和助は天を仰いだ。

「あ～、どうしたらいいんだか」

「どうしたらって、どうすんのさ」

「だってよ、先生に申し訳なくてよぉ。俺はほんとに役立たずだ」

「もうぉ、だから、自分でそんなこと言うもんじゃないよ」

と、マサはまるで息子を叱るように言った。

「若いおかみさん貰《もら》ったばっかりなのに。お里《さと》さんが泣くよ」

マサは、和助の女房お里とも仲が良いようである。

佐保は和助の目が赤く充血していることが気になった。涙ぐんでいるのかと思ったが、そうでもない様子だ。

「夕べから寝てないんでしょ。もう帰って寝た方がいいんじゃないかい」

　マサの言葉に和助は小さく頭《かぶり》を振った。

「帰ったところで眠れやしねぇさ」

「じゃあさ、何か口に入れるとか。朝から食べてもないんだろ」

「食べる気になんねぇよ。出るものも出てねぇしな」

　と、和助は腹をさすった。どうやらお通じがないらしい。

「もう、誰もそんなことは聞いてやしないよ」

　と、マサが笑うと、和助はもう一度情けなさそうに吐息を漏らして、

「けどよ、腹がつっかえてると、なんだか頭もくらくらするみたいでいけねぇ」

　と嘆いた。

「そりゃそうだろうけど」

「……なぁ、やっぱり先生にちゃんと話をしなくちゃいけねぇかな。けど、厄介払いされちまったら、俺はどうしたらいいか」

「だから、さっきからくどくどと何を言ってるのさ、誰がお前さんを厄介払いするもんかね、ねぇ」

　と、マサは佐保に同意を求めた。

「そうですよ、和助さん。そうしたくないから、元胤先生だって庇《かば》ってくださったんでしょ」

「……それだよ、それ。俺、先生に言えずにいることがあって」

　と、和助は言いづらそうにしている。

「何？　やっぱり盗人を見たのかい？」

　と、マサが強めに迫った。

「違う。見たくとも見れねぇ」

「どういうこと？」

「近頃、夜になると、目がこう霞《かす》んでよく見えねぇんだよ。だから、もしかしたら、本当は盗人を見逃したかもしれねぇんだ」

　と、和助は目をこすった。

「えっ、夜になると目が見えないって、あんた、それ鳥目ってことかい？　それとも、そこひだったら大変じゃないか」

　と、マサは声を上げた。

鳥目は、雀盲《じゃくもう》、夜盲《やもう》症とも呼ばれる。暗いところに行くと目が見えにくくなり、徐々に目が慣れて見えるようになるものだが、鳥目の人は見えにくいままとなってしまう。原因には先天性と後天性のものがあり、現代では、前者は網膜異常、後者は網膜の炎症やビタミンAの欠乏によって生じることがわかっているが、江戸時代には原因は定かではなかった。

そこひは底翳《そこひ》と書き、眼球の底に翳《かげ》り（曇り）が生じた症状のことを指した。白内障のことは白そこひ、緑内障のことは青そこひと呼んだ。当時は、どちらも原因不明で、特に青そこひは失明に至る病として人々に恐れられていた。

「脅かすなよ」

と、和助は気弱な声を上げた。

「ねぇ、佐保ちゃん、何か目にいい食べ物はないかね。やっぱり八ッ目かね」

と、マサが尋ねた。

八ッ目とは八ッ目鰻《うなぎ》のこと。円筒形をしていて、外見は似ているが鰻ではない。両目の横にそれぞれ七つのエラ穴が開いていて、それが目のように見えるので八ッ目と呼ばれる。春先、江戸より北の東北や日本海側の川で獲《と》れる。

八ッ目の効能は古くから知られていて、江戸時代の百科事典『和漢三才図会』には、「八ッ目鰻は、小児の疳《かん》の虫《むし》・眼疾を治す効がある」と記載がある。

また、水戸《みと》黄門《こうもん》として有名な常陸《ひたち》水戸藩二代藩主徳川光圀《みつくに》も、藩医に命じて編纂《へんさん》させた医学書『救民妙薬』の中で、雀目薬（夜盲症の薬）の食材として八ツ目鰻を紹介していて、庶民の間でも「鳥目といえば八ツ目鰻」と知られていた。

「でも、八ツ目は高いしね……」

言ったものの、マサは難しいかと顔をしかめた。

「和助さん、それは先生に一度診てもらった方が」

と、佐保は和助の目を覗《のぞ》き込むようにして尋ねた。

充血しているのは気になるが、瞳《ひとみ》自体に曇りがあるようには思えない。

和助は一瞬頷《うなず》きかけたが、すぐにいやいやと首を振った。

「仕事ができなくなったら、どうすりゃいいんだよ。この歳になって放り出されてみろ。ああ、やっぱりだめだ。余計なこと言っちまった。このことは忘れてくれ。じゃあな」

と、和助は手を振り振り、出て行ってしまった。

「大丈夫かねぇ」

マサは心配そうに見送っている。

かりに目の病気がわかっても、元胤のことだ。和助を厄介払いにすることはないだろう。そうとは思うが、和助の心配もわかる。

「そうですね……あ、そうだ！」

と、佐保の声が大きくなった。

「何か良いもの、思いついたかい？」

「はい！　マサさん、肝《きも》ですよ、肝」

「き、肝？　ちょっと何の肝だよ、ちょっと佐保ちゃん！」

マサの問いには答えず、佐保は飛び出していた。

このとき佐保は和助に獣か鳥の肝を食べてもらえないかと考えていた。

漢方では、五臓（肝《かん》・心・脾《ひ》・肺・腎《じん》）は、身体の別の部分と密接につながっていると考えられている。

たとえば、耳は腎、鼻は肺、口は脾、舌は心、そして目は肝と通じていて、視力低下を補うために、まず肝の機能を高めるのが必要だと佐保は考えたのである。肝《かん》に肝《きも》というと単純のようだが、鳥獣の肝はかなり有効な食材であることは古くからよく知られていたのである。

しかし、古来より日本では、鳥獣肉を食べることは時に禁止令が出されるほど、忌み嫌われていた。仏教の殺生禁断の思想が行き渡ったこともあり、穢《けが》れとされてきたからである。

だが、戦国時代、南蛮人によって肉食文化がもたらされると、「薬食い」と称して、肉食を行うようになった。江戸時代に入って、五代将軍綱吉が生類憐みの令を出し、再び肉食はご法度となったが、綱吉逝去後の正徳《しょうとく》四（一七一四）年に出版された料理指南書『当流節用料理大全』によれば、「川獺《かわうそ》は熱病に吉、狐《きつね》は肝を焼いて風邪を治す」などの記述があり、鳥獣の肉が養生すなわち「薬食い」として再び脚光を浴びるようになったことがわかる。

当時、獣肉としては、鹿、猪、狸、兎、熊、牛、羊、豚などが食され、特に熊胆《くまのい》や牛胆《ぎゅうたん》は高級薬として有名であった。猪肉《ししにく》を山鯨《やまくじら》や牡丹《ぼたん》、鹿肉を紅葉《もみじ》などと隠語で呼んだのも、表向きは肉食が忌避されていたからである。

食用の鳥といえば、現代では鶏肉が代表格だが、江戸時代、鶏は時を告げるものとして飼われることが主であり、卵も高級品であった。なので主には鶴、白鳥、雁《がん》、鴨、雲雀《ひばり》、椋鳥《むくどり》、鶉《うずら》などが食用にされ、特に鶴は長寿を運ぶとされて、将軍家の正月の祝い膳《ぜん》に用いられた。

このように、鳥獣肉は武家や貴族の食事に使われることはあっても、庶民にとってはなかなか手が出ない贅沢品《ぜいたくひん》、ご馳走《ちそう》だったのである。

佐保はそれでも、何か肝をと探し回ったのだが、やはり入手は無理であった。

二

「それは災難でございましたな」

泥棒騒ぎの翌日、元胤は医学仲間の集まりに出ていた。

「しかし、医学館を狙うとはまたタチの悪い」

「手荒な真似をする輩《やから》でなかったのが、不幸中の幸いだろう」

と、慰める者もいる中で、

「いや、下調べができておらぬ、盗人《ぬすっと》にしてはど素人さ」

と、ずけずけと言ってのけたのは、元胤の昔馴染《むかしなじ》みである町医者荒木相俊《あらきそうしゅん》であった。歳は元胤と近く、三十になったばかり。物静かな秀才肌の元胤に対して、荒木は話好きで少々がさつな性格だ。

「俺にひと言相談してくれれば、どの薬を盗めば金になるか教えてやったに」

「ほんに、抜けた盗人だよな」

と、元胤も笑って応じてみせた。

荒木は医師としての腕は良いのにこの物言いで損をしている。もう少しおべっかが使えれば、大名旗本相手の仕事もあるだろうに、「そんな気の張る仕事など糞《くそ》くらえ。金など要らぬ。俺は貧乏人相手のいち町医者でよい」と言い放つ変わり者だ。そのくせ、いつも金がないとぼやいている。それは、新しい医学書が出ればすぐに金に糸目をつけず買い求めるからだ。

とにかく、荒木の勉学好きは元胤も舌を巻くほどで、自分より優れた医師がいれば、すぐさま教えを請いにも行く。口は悪いが、医学への熱は本物で、嘘や裏表がない――そんな荒木のことを元胤は好ましく思ってもいた。

医学館の督事（館長）と奥医師としての仕事で忙殺されてしまいがちな元胤にとって、荒木と話していると、何かしら新しい風に吹かれているような心地になるからである。

今日も荒木は、会の後に会わせたい人がいると、元胤を誘った。

「誰だ？」

「会えばわかる。憂さ晴らし、憂さ晴らし」

と、荒木は誰に会わせたいのか教えてくれない。

仕方なく連れていかれた料理茶屋で待っていたのは四十過ぎだろうか、少し小柄で聡明《そうめい》そうな額に穏やかな笑顔を浮かべた男だった。

「水戸の佐島平三郎《さじまへいざぶろう》先生だ。お前の話をしたら、医学館のことを是非聞きたいと仰せでな」

「先生はやめてください。私はあなたに何も教えてはいない」

にこにこと笑いながら、そう言った人物を見て、元胤は思わず、「あなたが」と、膝《ひざ》を乗り出していた。

「いや、失礼しました。私が多紀元胤でございます。佐島先生のことは、瑞峰先生からよく伺っておりまして」

「瑞峰先生か、お懐かしい。五年ほど前になりますか。水戸へお越しになったことがありましてね。私のような若造にもご親切を。お元気でしょうか」

「ええ、とても。ぜひ佐島先生にもお会いしたいと」

「それはよかった。でも私に先生はよしてください。私は先生と呼ばれるような者ではない」

「いえ、本草学《ほんぞうがく》の佐島平三郎といえば、医学を志す者であれば必ず聞くお名です」

佐島平三郎は、今でこそ水戸家お抱えの本草学者だが、生まれは江戸。父は作事《さくじ》奉行配下の植木職だったという。三男の平三郎は十代の終わりから本草学者を志し、日本全国を旅しながら植物を研究し、学問で身を立てた人物として有名であった。学究肌の元胤にとって、ひたすら全国各地を研究して回ったということだけでも尊敬に値する人物なのである。

「いやぁ、多紀先生こそ。医学館の多紀家といえば知らぬ者はいません」

「私こそ先生はおやめください。医学館は先祖の功績。私など」

互いにおやめくださいを連発し合っている佐島と元胤を見て、荒木が、割って入った。

「よし、わかった。ではお互い『どの』で呼び合うと、これでいかがか。呼び方などで揉《も》めるなど、時がもったいない」

「……それはそうだが」

と、元胤は佐島を仰ぎ見た。

「結構。そうしましょう。では、多紀どの、私からよろしいか」

と、佐島が応じた。

「もちろんです。何なりと」

と、元胤は頷《うなず》いた。

「ではまず、学生の選別はどのようになさっているので」

佐島は医学館の学生募集について問いかけてきた。元胤が督事を務める医学館は、今でこそ幕府直轄だが、元々は元胤の曾祖父《そうそふ》にあたる元孝《もとたか》が医師養成の重要さを痛感し、私財をなげうって設立した私塾・躋寿館《せいじゅかん》が始まりであった。

「曾祖父が創った頃は来るもの拒まず、幕府の医官であろうと藩医、町医であろうと、学びたいという強い意欲のある方に来ていただいておりました。しかし、今は教える数にも限りがあり、どうしても幕府医官優先となってしまっております」

「ご公儀直轄となれば致し方なしですな」

と、佐島は頷いた。

「しかし、たしか学生の中におなごもいると聞いたぞ」

と、荒木が口を挟み、佐島が驚いた顔になった。

「まことの事で？」

「瑞峰先生の肝煎《きもい》りなのです。正式な学生というわけではありません」

と、元胤は答えた。

「その娘はおのずと水穀《すいこく》の精微《せいび》を心得ているのです。人の足りぬものがわかるようで、不思議な話ですが」

漢方では、水穀とは飲食物のこと。その中にある栄養を精微という。

「病人を救う料理人になりたいとのことですので、賄い方の手伝いをしてもらいながら、学ばせています」

「ほう……」

佐島は目をそらし、感慨深そうな表情になった。柔和な表情にほんの少し翳《かげ》りがさしたのが、元胤には気になった。

「何か？」

「ああ、いや、遠い昔のことです。医術を勉学したいと言ったおなごのことを思い出しました。その頃の私はあり得ぬと一言で済ませてしまったなと」

佐島は苦笑しつつそう答えた。

「今となれば、許してやれば良かったものをと。……ま、済んだことを今さらですが。いかん、いかん、私のことはともかく」

佐島は気分を変えるように明るく告げて、科目や時間割のこと、使っている医学書のことなど、医学館の内部のことをこまごまと聞きたがった。

「……なるほど、今は患者も診ているとか」

「はい。実際の患者を診るに勝る勉学はございません」

「実践が大事ということですな」

　と、佐島は頷いた。

「各助教の指導の元に、診断の実習を行い、また、月に一度は教授陣を集め『病人調べ』も行っております」

『病人調べ』とは一人の医師が診て独善的にならぬようにという意図から、多角的な見地で病人の容態検討を行うものであった。

「ところで病人の施薬代もご公儀から？」

「はい。充分にとは言い難いですが」

　と、元胤は苦笑いを浮かべた。

「身銭を切っている部分もおありということか」

「身銭と感じたことはございません。お役としていただいた金は医術のために使う。これが我が家の有り様《よう》でございます」

「こいつの家では、屋根に穴が開いて雨漏りしても、病人から金を貰《もら》うぐらいなら、傘を差して食事すればよいというのですよ」

　と、荒木が横から割り込んだ。

「それは祖父の代の話だ」

「しかし、俺は好きだぞ、そのおじい様の話」

と、荒木は言った。

元胤もはにかみつつ頷いた。母から聞かされた亡き祖父元徳の武勇伝のようなものだ。雨漏りの中、傘をさして食事をしたという話もあるし、よそへ支払う金の工面のために、登城用の着物を売り払ってしまったということもあったようだ。それらを元胤は、誇りだと思うことはあっても恥だと感じたことは一度もなかった。

医学館の講堂には曾祖父が作った「忠孝仁慈の心熱きを第一とす」から始まる医学館学規が掲げられてあるのだが、その勢いのある筆跡は元徳のもので、元胤はそれを見る度に、曾祖父や祖父が医学館にかけた思いを感じ、胸が熱くなるのであった。

「……よいお話だな」

と、佐島も感心したように微笑んだ。

「家族の者も特に贅沢《ぜいたく》が好きなわけではありませんので。ま、普通に暮らす分には不自由もございません」

「ゆえに、こいつは貧乏暇なしなわけです」

と、荒木がまた茶化した。

「しかし、なぜ医学館のことをお知りになりたいのですか？」

と、元胤は尋ねた。

「あ、これはうっかりと。先にその話をすべきでしたな」

と、佐島は頭に手をやった。

「実は水戸の若殿がいずれ江戸の医学館と同じような医学校を領内に建てたいと仰せなのですよ。といっても構想しているというだけで、十年先になるか二十年先になるか、わからぬのですが」

佐島の言う水戸の若殿とは徳川斉脩《なりのぶ》のことであった。聡明《そうめい》で知られ、徳川光圀の再来と期待される逸材であった（ただ、水戸で医学校ができるのは、その次の代、斉脩の弟、斉昭《なりあき》の時代を待たねばならない）。

「では、どうでしょう。一度、お越しになっては」

と、元胤は佐島に医学館への招待を口にした。曾祖父や祖父、そして父が精魂込めて創り上げた医学館を観て欲しいと思ったからだ。

「よろしいのか。そうさせていただければ嬉《うれ》しいが」

「ご遠慮など無用です。ただ……」

と、元胤は少しためらいがちにこう続けた。

「その代わりと言っては何ですが、佐島どののご講義をお願いしたいのです」

「講義……学生へですか」

「はい、是非とも。本草学者として、各地をご覧になった時のことや心得などご教授願えれば」

「私のような者がお役に立つのであれば」

　と、佐島は微笑み、快諾した。

「それはいい。私も聴講するぞ。いいだろう」

　荒木は紹介をした者の当然の権利だと言わんばかりだ。

「駄目だと言っても来るのだろう、どうせ」

「当たり前だ。じゃ、ともかくも面倒な話はこれで、今宵《こよい》は飲むぞ！　いいな。おい、酒だ、酒をこっちへ」

　荒木はそういうと障子をあけて、大声で仲居を呼んだ。

「楽しいご仁《じん》だ」

「ええ良いやつです」

　元胤は頷《うなず》きながら、今夜は楽しい夜になりそうだと思っていた。

三

その日、佐保は朝の仕事を一通り済ませてから、門番和助の家に向かっていた。思うように肝を手に入れることはできなかったが、その代わり、和助に届けたいものがあったのである。

泥棒騒ぎの後も和助は普段と変わらぬ様子で門番を勤めていたのだが、その日は非番で家にいるはずであった。

和助の住まう長屋は神田松永町《かんだまつながちょう》（現在の秋葉原《あきはばら》）にあった。医学館のある浅草向《あさくさむこう》柳原《やなぎわら》からは西へ五町半（約六〇〇メートル）、瑞峰の住まいがある御徒町《おかちまち》からは目と鼻の先になる。武家地の多い土地柄だが、神田川近くには町家が密集している。隣接する神田佐久間町《さくまちょう》にかつて材木商が多かったからか、建具や家具など木材加工を商う店も多い。

町人たちが住む長屋は表通りではなく、裏に建てられているものだが、和助の長屋もまた家具屋の裏手にあった。

「いちじく、にんじん、さんしょにしいたけ……」

長屋の入り口にあたる粗末な木戸をくぐると、幼い女の子の声がした。

それは佐保にとっても懐かしい数え唄《うた》であった。

時折、佐保が見る夢があった。

幼い頃の温かな家族の思い出――かまどから立ち上る白い湯気の向こうで、母《かか》さまがこの唄を口ずさみながら、料理をしていた。

煮物の匂いとふんわり焦げた醤油《しょうゆ》の香り。そして、まろやかで優しい母さまの声。

顔は朧《おぼろ》でわからない。でもあの声だけは耳に残っている。

「ごぼう、むくろじゅ」

佐保は続けて口ずさみかけたが、女の子の歌は、「ごんぼ、ろうそく」と続いた。

出だしは同じでも、土地により歌詞には違いがあるらしい。

「ごんぼに、ろうそくなの？」

佐保の声に驚いて、女の子が振り返った。お下げ髪が愛らしい。まだ五つぐらいだろうか。つぶらな瞳《ひとみ》を見開いて「誰？」と問いたげに佐保を見上げている。

「ごめん、ごめん。私の知ってるのとちょっと違ったから」

と、佐保は腰をかがめて声をかけた。

「おっかさんに教えてもらったの？」

「うん」

「ねぇ、和助さんてお家《うち》知ってる？」

女の子はこくりと頷いたが、次の瞬間、大きなくしゃみをすると、鼻をずずっとすすり上げた。

「あらあら、大変」

佐保が懐紙を取り出して、女の子の鼻をかんでやろうとしたその時、奥から二軒目の家の戸が開いて、和助が顔を出した。

「お糸《いと》、おっかさんがな……あれ！　佐保さんじゃねぇか」

「おとっちゃ」

と、お糸と声をかけられた女の子は和助へと駆け寄った。

どうやら和助の娘らしい。が、それにしては幼く思える。まるで孫のようだ。

「お糸、中へ入ってな」

「うん！」

返事をすると、お糸は和助の傍らを抜けて、家の中に入っていった。

「こんにちは」

　と、佐保は頭を下げた。

「こりゃ、わざわざ、何か御用で」

和助は、佐保が医学館の用事で来たのだと思ったようであった。

「そうじゃなくて、これを」

　と、佐保は紙包みを差し出した。

「へ？」

「お茶です。和助さんに飲んでもらおうと思って」

広げた中にあったのは、米粒ほどの黒っぽいものであった。

「これがお茶ですかい」

「ハブ茶です」

　と、佐保は答えた。

「ハブっていやぁ、琉球《りゆうきゆう》にいる恐ろしい蛇だって聞いてますぜ」

　と、和助はこわごわ見た。毒蛇を思い浮かべたのだろう。

「これはえびす草の種を焙《ほう》じたものですよ」

　えびす草の種は目を良くする種子の意味で、「決明子《けつめいし》」と呼ばれる。その名の通り、目の充血を鎮め、かすみ目、結膜炎に良く、さらには便秘や高血圧などにも効能があった。ため息が多く、食欲不振や便秘がある和助にはよいはずであった。

「少し煮出して飲んでみてください」

「へぇ……けど、もったいねぇ」

和助は手を出そうとしない。佐保は強引に持たせた。

「これは田辺先生からいただいたものだから」

佐保は賄い方の田辺耕三郎の名前を出した。肝が手に入らないと嘆いていた時に、田辺が「お茶でも良いのでは」と助言をくれたのであった。

「それじゃあ」

目が悪いと言ったのを他の人に知られたのかと和助は焦ったようだ。

「ごめんなさい」

すかさず、佐保は謝った。

「でも、和助さんが元気に門を守ってくれないと、みんな困るって思ってるのよ。誰も厄介払いになんかしたくないのよ」

「……そうですかい。ありがてぇ。こっちこそ、すまねぇ。気、遣わしちまって」

と、和助は鼻をすすった。

「あんた……」

その時、家の中から女が顔を出した。どうやら寝込んでいたらしい。乱れた髪を恥ずかしそうになでつけながら、女は佐保に頭を下げた。

まだ、二十二、三にしか見えないが、和助の女房のようだ。

「あの、お里さん？」

と、佐保は問いかけた。医学館の賄い方手伝いのマサから名前と年若い女房がいるとは聞いていたが、これほど若いとは思っていなかっただけに、佐保は驚きを隠せなかった。白髪頭が目立つ和助とでは親子ほど違って見える。

「すみません。あんまりお若いんで」

びっくりしたと佐保は正直に話した。

「私、佐保です。おマサさんと一緒に働いています」

お里と和助は顔を見合わせて恥ずかしそうに笑った。

「よく親子に間違えられるの」

と、お里が応じた。笑顔が人懐っこい。

「でも、正真正銘、女房なの。ううん、女房にしてもらったの」

「よせやい」

と、和助が恥じらった。

「だって私とお糸と二人して、押しかけたのは本当だもの」

「えっ」

佐保が驚くと、お里はあれ？　という顔になった。

「おマサさんから聞いてないかい？　私、出戻りなの。お糸が先にこの人に懐いてしまって」

「そうだったんですか」

「立ち話もなんだから、ねぇ、中へ。せっかくだから、ちょっと佐保さんに訊《き》きたいこともあるし」

お里に誘われて、佐保は家の中に入った。

かまどのある土間と奥に一間あるだけの小さな長屋である。

綺麗《きれい》に整頓《せいとん》されて、居心地はよさそうだ。

お里の問わず語りによれば、お里の前の亭主は乱暴者で、お里は逃げるように江戸へ流れて来たという。一人で幼子を抱えて苦労していたのを知った和助は不憫《ふびん》に思い、何かと面倒を見るようになって、二人は所帯を持つようになったという。

人の良い和助らしい話であった。

お里と佐保が話している間も、和助はお糸が退屈しないようにお手玉をして遊んでやっていた。

春とはいえ、まだまだ寒い日が続いているが、陽があたる縁側はほど良く暖かで、和助とお糸を柔らかな光が包んでいるかのようだ。

なぜかはわからないが、佐保はとても懐かしい気持ちにとらわれた。

お糸の小さな手にお手玉を握らせる和助の目はこの上もなく、優しく、そして、その手は大きい――。

お里もその様子を横目で見ながら、少し自慢げにこう続けた。

「この人ったら、なんだか煮え切らないところがあるでしょ。だから、私、強引に女房にしてって言ったの」

と言ってから、お里はくしゃみを連発した。

「風邪ですか？」

「ううん。熱もないし、春になるといつもこんな調子なのよ。大丈夫だっていうのに、うちの人、寝とけ寝とけってうるさくて」

「おっかちゃ」

と、お手玉を放り出したお糸が心配そうに母の側に来た。

「大丈夫……大丈夫」

と、お里は愛娘《まなむすめ》に微笑んでから、佐保に目をやった。

「あのさ、佐保さんは人の足りぬものが見える人だって訊いたんだけど……」

「おマサさんですか」

「ええ」

と、お里は頷《うなず》いた。

「この子、あちこちに、かゆかゆが出るの。鼻水もたらたらと流すし。何が足りないのかねぇ」

「かゆかゆ？」

「これ。かいちゃいけないって言ってもダメで」

と、お里はお糸の着物をめくり、腕を見せた。かゆかゆ――湿疹《しっしん》のことだ。よほど痒《かゆ》いのかかきむしって赤くなっている。

「いつからですか？」

「ここ半月ばかりかねぇ」

「こういうのは年中？」

「ううん。桜が散るころには引っ込むの。去年もそうだった」

佐保はこれを話すお里の目が気になった。やはり和助同様充血している。

「あの、お里さんも春になると調子が悪いって言いましたよね」

「こいつ、今朝も眩暈《めまい》を起こしたんでさ」

と、和助が心配そうに言った。

「だから、昨日よく眠れなかっただけだって」

と、お里が心配しなくていいというように言った。

夫婦して、自分のことは二の次なのだ。

「本当はちゃんと先生に診てもらった方がいいと思うんですけど」

と、前置きをしてから、佐保はこう告げた。

「お里さんもお糸ちゃんも、たぶん、風邪《ふうじゃ》にやられているんだと思います」

「ふうじゃ？」

和助とお里は顔を見合わせた。

「春の邪気のことです」

と、佐保は簡単に風邪の説明をした。

漢方医学では、自然界を五つの要素に分けて考える。これを五行《ごぎょう》説という。

気候は、春は風《ふう》、夏は暑《しょ》・火《か》、長夏は湿《しつ》、秋は燥《そう》、冬は寒《かん》という具合である。

春になると陽気が上がってくることにより、風が巻き上がり、それによる邪気

（すなわち風邪）が起きやすいと考えられていた（同じく季節ごとに邪気が起き、夏には暑邪・火邪、長夏には湿邪、秋には燥邪、冬には寒邪が起きる）。

また五行説は五臓にもつながっていて、春は肝《かん》、夏は心《しん》、長夏は脾《ひ》、秋は肺《はい》、冬は腎《じん》の養生が大切となる。

「へぇ～、春になると具合が悪いのは、風神さまのせいかね？」

と、お里が問うた。

「風神さまじゃなくて、邪気だろぉ、邪気」

佐保より先に和助が口を挟んだ。

「邪気って何さ」

「う～ん。だから、邪《よこしま》な気ってことだよな、佐保ちゃん」

女房に問い詰められて和助は弱り顔になった。

「悪さをする物っていうか、ともかく、おそらくは肝の養生が必要だと思います」

考え考え、佐保は答えた。言いきっていいかの不安があった。

本当を言うと、肝心脾肺腎はそれぞれ個別ではなく、影響し合っている。冬の腎の養生不足が春になって肝への障りとなることもあるからだ。

「お里さんの眩暈やお糸ちゃんのかゆかゆは、そうだと思います。それに肝が弱ると、目に不調が出ると習いました」

和助とお里は顔を見合わせた。

「じゃあ、俺もお里もそういうことなのかねぇ」

「あのぉ、普段は何を食べていますか」

と、佐保は尋ねた。

台所が妙に片付いて使われていないようなのが気になっていた。

「……あんまり料理は得意じゃなくて」

と、お里が恥ずかしそうに答えた。

「こいつは、お糸を抱えて、飯屋に勤めてたんですよ。だから、残り物をもらって食べてたんで、作る方には手が回らなくてな」

と、和助が助け舟を出した。

「俺も別に、食い物には頓着《とんちゃく》しねぇ方だから、適当っていうか。干し魚に飯がありゃ、それでいいかって」

「じゃ、あまり青菜は食べていないんですね」

「青菜ってのは食べなきゃ、いけねぇもんですかい？」

と、和助が問い、お里も首を傾げた。

「わかりました！　今から一緒にお料理しましょう。まずは買い出し！」

何が始まるのかと怪《け》訝《げん》な和助にお糸を預け、佐保はお里を連れ出した。

四

「で、何を作ったんだね？」

マサは続きが聞きたくてしようがないという風情である。

医学館では夕餉《ゆうげ》の賄いが始まっていた。

煮大根の味を調えながら、佐保は答えた。

「なんだと思います？」

「なんだろう？　お里さん、あまりお料理作らないからねぇ」

と、マサは首を捻《ひね》った。大根の葉を洗う手が止まってしまっている。

「だから、簡単で美《お》味《い》しいものです」

「簡単で美味しいって……ああ、もうぉ、わからない。教えておくれよ」

「菜飯です。それとちょうど浅蜊《あさり》売りがいたので、浅蜊の味《み》噌《そ》汁《しる》も」

料理が不得手だというお里にできるものと考えたときに、すぐ頭に浮かんだのが菜飯だった。

青菜は大根菜でも小松菜でも、菜の花でもなんでもいい。一つまみの塩を入れた湯でさっと茹《ゆ》でるか、塩でもんで浅漬けにしてもいい。もし蕪《かぶ》の漬物が手にはいったら、その葉っぱを使ってもいい。それを刻んで炊きあがった飯に混ぜるだけだ。特別に何かを作る手間というほどのことではない。簡単でそれでいて、目にも鮮やかで食欲をそそる。

「煎《い》り胡麻《ごま》を振りかけるとより美味しいですし」

佐保がそう教えたとき、お里は「これなら私でもできそうだ」と喜んだのだ。

「おじゃこを入れるともっといい」

と、言ったのは、田辺耕三郎であった。

「おじゃこ？」

「ちりめんじゃこ。ああ、そうか、お江戸じゃしらす干しっていうんやったな」

耕三郎の口調に少しなまりが感じられた。

佐保が怪訝な顔になったのを見て、耕三郎は少し照れたように、

「ほんまはな、上方《かみがた》の生まれなんや」

「初めて知りました」

「いつもは隠しているのさ」

と、耕三郎は元通りの言葉遣いに戻った。

そういえば、耕三郎のことを何も知らないと佐保は思った。医学館で最初に挨拶《あいさつ》したときに、昔、町医者をしていたが右手をなくしてからこのお世話になっていると聞いただけだ。

そのとき歳は三十過ぎだと思ったが、マサはもっと若いはずだと言っていた。

「耕三郎先生は、どうやら独り身らしいよ」

ほかの手伝い女とマサが話しているのを聞いたことがある。でも、なぜ独り身なのか、誰も知らない様子で、「いい人なのにねぇ」と、噂し合っているだけだ。耕三郎の右手首から先は、いつも薄紫の布で丁寧に巻かれているので、どうなっているのかはわからない。器用に左手で大抵のことをこなすし、手が不自由だということは普段、佐保や周りの者も、なにより本人も忘れているかのようだ。いつも穏やかで包み込むような温かなまなざしで、佐保をはじめ、ここで働く人たちを見守ってくれている。

今もそうだ。耕三郎は優しく微笑んで佐保に、こう助言した。

「じゃこは鰯《いわし》の子だ。鰯は血の巡りをよくするし、浅蜊も肝の働きを助けて目の疲れを癒《いや》す。どちらも、和助のように気づまりを起こしやすい男にはうってつけだ」

「そりゃよかった。私も菜の花の菜飯は好物ですよ」

と、マサが応じた。

「それに浅蜊汁。春になると、おっかさんがよく作ってくれましたっけ」

「たしか、おマサさんは木更津《きさらづ》の生まれだったよな」

「ええ。春になると辺り一面、真っ黄色になるほど菜の花が植わってましてね。海がきらきら光って、そりゃ綺麗《きれい》なんです。浜にも近くてね」

マサは懐かしそうに語った。

「潮が引いたら、兄妹《きょうだい》総出で貝を採りに行くんですよ。いっぱい採って戻ると、台所ではおっかさんが夕餉の支度をしてくれてて……」

マサは大根の葉を刻みながら、数え唄《うた》を口にした。

「いちじく、にんじん、さんしょにしいたけ、ごぼう、むくろじゅ」

「ごぼう、むくろじゅ！」

佐保が突然、大きな声を出したので、マサはびっくりしたようだ。

「どうかしたかい」

「いえ……おマサさんの辺りは、そう言うのかって」

「数え唄のことかい？」

「ええ。お里さんはごんぼ、ろうそくって」

「ああ、そういうところもあるんだろうねぇ」

と、マサは答えてから耕三郎を見た。

「上方じゃなんていうんです？」

「いちじく、にんじん、山椒《さんしょう》に紫蘇《しそ》だったな、たしか。それに、ごぼうにむかごだったな。七草、はじかみ、九《く》年母《ねんぼ》に唐辛子」

耕三郎は最後、節をつけて唄ってみせた。

「あれぇ、全然違うんだ。くねんぼって何です？」

マサの問いに、耕三郎は、

「みかんのことだよ」

と答えた。

「へぇ～、面白いねぇ、ねぇ、佐保ちゃん」

だが、佐保はそれには答えず、真剣な顔でマサに頭を下げた。

「おマサさん、もう一度唄ってください」

「いいけど……」

「お願いします」

佐保があまりに真剣な表情で頼むので、マサは少し驚いたようだったが、

「じゃ、唄うよ」

と、ひと呼吸ついてから、唄い始めた。

「いちじく、にんじん、さんしょにしいたけ、ごぼう、むくろじゅ。ななくさ、はつたけ、きゅうりにとうがん」

佐保は途中から目を閉じた。

マサの声は、佐保にとって懐かしい夢へとつながっていく。

「七草なつな、とうどの鳥が渡らぬ先に、すととん、すととん」

小気味良く、包丁の音がする。

かまどから上る白い湯気と煮物の匂い、ふんわり甘く、少し焦げた醤油《しょうゆ》の香り。

幼い佐保は母の背中を見上げていた。

母《かか》さまは、鍋《なべ》に目をやりながら、佐保に言う。

「佐保、父《とと》さまを呼んできて。お食事ができましたよって」

暖かい日差しが差す縁側には父さまがいる。

目の前の庭には咲いた色とりどりの草花。

父さまは佐保を「おお、おいで」と手招きして、側に座らせると、笊《ざる》の中の野草を見せるのだ。

「これが何かわかるかい」

「せり、なずな、それから、こっちはすずな」

「よく覚えたね、佐保は賢いな」

「はい」と、佐保は元気よく答える。

すると、父さまは大きな手で佐保の頭を撫《な》でてくれるのだ。

とても大きくて、立派な手。何があっても大丈夫だと思える手。

佐保は父さまの手を取り、立ち上がらせると、座敷に戻る。

母さまの膳《ぜん》が整っている。

真っ白いご飯、湯気のたった煮物、

「わぁ、美味《おい》しそうだな」

と、父さまの声に応じて、母さまが嬉《うれ》しそうに笑う……。

「佐保ちゃん、どうしたんだい！」

いきなりマサの声がして、父さまと母さまは消え失《う》せた。

佐保は顔を上げた。

そのとき初めて、佐保ははらはらと大粒の涙が自分の頬を伝っていることに気づいたのであった。

第三話　芍薬《しやくやく》役者

一

楽屋に置いた香炉から薫香が立ち上ってきた。

それを合図に、夢之丞《ゆめのじよう》は鏡の前に座わり、化粧に入った。

鬢《びん》付け油を手に取り、少し手の中で温めてから顔に伸ばす。

その上へたっぷりと白粉《おしろい》を含ませた刷毛《はけ》をすばやく動かしながら、顔は言うまでもなく、手の指先から足先まで、まんべんなく、白く塗っていく。

元々色白な夢之丞だが、白粉に手抜きはない。

ひんやりと少し光沢のある白は役への入り口だ。白ければ白いほど、役の高貴さに近づく。

贔屓《ひいき》客の一人である小間物屋の女将《おかみ》が「夢さまのために特別に手に入れたんだから」と、自慢げに置いていった白粉は、最上級品とあって、伸びも艶《つや》もいい。

実際にはありえないほどに、すべすべとした美しい肌に仕上がる。

陶磁器のように硬質で冷たい、理想的な白だ。白粉の後は、紅で目張りを入れ、下紅を塗ってから墨で眉《まゆ》を引く。最後は唇に紅をさす。

「よし」

右、左、斜め後ろ、どの方向から見られても、抜かりのないように鏡の中の自分を舐《な》めるように見つめてから、夢之丞は独りごちた。

すばやく床山《とこやま》が鬘《かつら》を載せてくる。吹輪《ふきわ》と呼ばれる鬘はずしりと重い。髷《まげ》の中には鼓《つづみ》、銀の花簪《はなかんざし》が四段にこれでもかとばかりに挿されていて、まばゆい光で顔を彩る。

そこまでできてようやく衣装に手を通す。この芝居のために新しく誂《あつら》えた衣装は、緋《ひ》綸子《りんず》に金銀色糸で四季の花々の総刺繍《そうぬい》という豪勢なもの。さらに清純さを表す白地の錦襴《きんらん》の帯を締める。衣装も鬘も全て、若く美しい姫であることの証《あかし》だ。

この大役を得るためにこれまでどれだけの修業に励んだことか。

夢之丞は赤ん坊のときに養い親である師匠の元に来た。それから、歌舞伎役者になることだけが、夢之丞の生きる道だった。

「お前さんは役の性根がわかっていない！」

亡き師匠の叱咤《しった》は今も耳の底に残っている。

「見栄えだけは一人前」

そう何度揶揄《やゆ》されたことだろう。だが、持って生まれた美貌《びぼう》だけで、ここに辿《たど》りつけるほど生易しい世界ではない。

歌舞伎では姫役のことをその真っ赤な衣装から赤姫《あかひめ》と呼ぶ。中でも代表的な三つの大役（『本朝廿四孝《ほんちょうにじゅうしこう》』の八重垣姫、『鎌倉三代記《かまくらさんだいき》』の時姫、『祇園祭礼信仰記《ぎおんさいれいしんこうき》』の雪姫）を「三姫」という。いずれも美しさと同時に気高さ、厳しい状況を生き抜く内面の激しさを巧みに演じることを求められる。難役なだけに役者としては挑戦し甲《が》斐《い》がある。女方《おんながた》として生きていく以上、やりたい役だ。

だが、役は自分がやりたいといって回ってくるものではない。

その役のニン（役が求める肉体的かつ内面的な芸風）に相応《ふさわ》しいものを持つ役者であるか、それが大事なのだ。

どんなに研鑽《けんさん》を積んでもそこへ到達できるかどうかはわからない。

だが、ようやくこの機会を得た。しかも、三姫の中でももっともやりたいと念じていた八重垣姫だ。それだけに失敗は許されない。

支度がだいたい整った頃に、座元が「大入り、大入り」と相好を崩しながら楽屋に入ってきた。

ありがたいことに今日も客は満員のようだ。座元の声は弾んでいる。だが、そこに嘘がないか疑心暗鬼にかられるのは、まだまだ修業が足りないせいだろうか。

「読売《よみうり》にも手を廻《まわ》した。きっとよい評判を書いてくれるに違いないさ」

役者評は客の入りを左右する。どんなに良い芝居であっても、客が入らなければ平気で途中打ち切りの憂き目に遭う。逆にさほどの芝居でも客さえ入れば手放しになる。そんな座元の二枚舌に踊らされるのはもう嫌だった。

「なんだか、むせ返るようだね」

と、座元が煙たそうに呟《つぶや》き、香炉に目をやった。

夢之丞はわざと何も答えなかった。

楽屋に香を持ち込んだのは、今回が初めてではない。

以前、楽屋全焼という痛い目に遭って、火の気を嫌う座元の気持ちもわからないではないが、この香は今回の役にはどうしても必要だった。

座元がどれだけ嫌がろうが、自腹を切ってでも、この香だけは外せない。

故事によれば、香を焚《た》けば愛しい人のありし日の面影が煙の中に現れるとされ、これを「反魂香《はんごんこう》」（魂返しの香の意味）という。

劇中、八重垣姫は、許嫁《いいなずけ》が非業の死を迎えたと思い込み、香を焚く。

これはその「十種香《じしゅこう》」だ。栴檀《せんだん》・沈水《じんすい》・蘇合《そごう》・薫陸《くんろく》・鬱金《うこん》・青木《せいぼく》・白膠《はっこう》・零陵《れいりょう》・甘松《かんしょう》・鶏舌《けいぜつ》——本来はこれらの香は一緒に使うのではなく、個別に焚いて、名前を当てる遊びとして用いるものだが、八重垣姫は全てを一度に香炉にくべた。

若さゆえの無知か、いや、そうしなければ居てもたってもいられなかったのか。

それだけでも、姫の取り乱しようがわかるというものだ。

香の香りは、心を鎮めるというが、今日は心がざわざわと落ち着かない。

きりきりと胃が痛む。吐き気までしてくる。

逃げ出したい、いや、逃げ出すわけにはいかない。

そのせめぎ合いが続くのも、「まだまだ」なのか。

「今日もお前さん目当ての女客が多いよ」

言われなくても、小屋の中に、女たちの熱気のようなものが充満しているのは、感じ取れた。

板に立った瞬間、彼女らの視線はすべて、自分に向けられるのだ。

どよめきにも似たため息。

「待ってました！」

大向こうが叫び、視線が熱い塊となって、夢之丞に押し寄せる。

身を包む激しい高揚感はとてつもない高みへと押し上げてくれる力であり、そして同時に、一瞬で奈落《ならく》へと突き落とす凶器にもなる。

幕開けが近いと柝《き》が告げている。

夢之丞は静かに目を閉じ、全ての雑念を追い払うように、深く息を吸った。

一瞬の無――。

役が手招きしている。今まで慎重に積み上げてきたものを壊して、飛び込め。

躊躇《ためら》いは命取りだ。

小屋中の、いや江戸中の女のため息を我が力に変えて、八重垣姫を演じるのだ。

恋に堕《お》ち、この人と思い定めたお方のために、肉親すら裏切り、狐憑《きつねつ》きとなる姫に――。

二

「はぁ……」

多紀家の縁側で雑巾《ぞうきん》掛けをしながら、佐保の口から大きなため息が出た。

それを見た女中頭の芳が、やれやれと苦笑を浮かべて、佐保の手から雑巾を取り上げた。

「え？」

「えっじゃないよ。さっきから同じとこばかり拭いてるじゃないか。佐保さんらしくもない」

「すみません」

と、佐保は素直に頭を下げた。

なんだか最近、こうして謝ることが増えている。

「こう良い陽気だと、ぽかぽかして頭がぼーっとしてくるよね、まったく」

芳は独り言のようにそう呟いてから、

「もういいよ。終わりにしよう、ね」

「でも……」

「大奥さまがお呼びだからさ。後は私がしとくから。ほら、早く」

「すみません」

小さく頭を下げてから、佐保は大奥さま、稀代の部屋へと急いだ。

なんとなく、芳が気を遣ってくれているのがわかる。

医学館でマサの数え唄《うた》を聞きながら大泣きしてしまったあの日からだ。

両親のことを思い出してしまって……と、佐保が泣いたわけを話したせいで、よほど悲しいことだと思われてしまったようだ。

別に口止めをしたわけではないので、医学館のマサから多紀家の芳へと、すぐにこの話は伝わってしまっていた。

七つのとき、大火に遭い独りぼっちになった佐保は、両親の顔を覚えていない。

本当なら、覚えていていい年頃なのにと言われたこともあったし、自分でもそう思うのだが、どうしても両親の顔が思い出せない。

「忘れたいほど辛《つら》かったんだね」

そう言われたこともあったが、あんなに優しく温かな時を過ごしていた両親のことを忘れたいはずがないじゃないかと思う。

自分でも何で覚えていないのか、腹立たしく、そして情けなくてならない。

「辛かったろう」と口に出されなくても、こうして気を遣われるだけで、いたたまれなくなる。

自分でも変だと思うのだが、両親の顔を忘れた自分を責められているように感じるのだ。

吉原にいたときは、こんなことを感じることはなかった。女たちは誰もがみな人には言えない哀しみや苦しみを背負っていたからだろうか。

佐保のように親がいない者もいたが、いたとしても親に売られた者もいれば、親兄弟のために、自ら苦界に身を沈める覚悟を決めてきた者もいた。

そういう意味では女たちは誰もが家族から離れ、独りで生きていた。

「佐保でございます。お呼びでしょうか」

稀代の部屋の前の廊下で三つ指をついて、佐保はお伺いを立てた。

「お入り」

稀代の声がしてから、作法通りに障子を開けた。

「これを、白丸屋《しろまるや》さんにお届けしておくれ」

稀代は、「ご主人とお嬢さまに」と小ぶりの木箱の蓋《ふた》を取った。

ふわっとよい香りが漂う。箱の中身は、金襴《きんらん》の裂《きれ》で作られた匂い袋と、美しい錦《きん》糸《し》が巻かれた手毬《てまり》だ。手毬の中には小さな鈴が入っているらしく、チリリンと愛らしい音が鳴った。

「あの折は、お世話になりありがとうございましたと、申し上げるのですよ」

白丸屋は江戸でも三つの指に入ろうかという大店《おおだな》。大奥お出入りの呉服商である。当主吉兵衛《きちべえ》の一人娘、お鶴《つる》が皮膚の病に悩んで部屋に引きこもってしまったとき、佐保が毎日のように出かけて、お鶴の病に合う食事を勧め、快癒に導いた。

吉兵衛もお鶴も大変喜び、この正月には佐保を招いて、お鶴と一緒に綺麗《きれい》な晴れ着を着せて一日遊ばせてくれた。

稀代はそのときのお礼を佐保に言づけたのである。

「ありがとう存じます」

稀代は佐保に代わって、お礼を考えていてくれたのだ。

「いいのです。うちの者がお世話になったのだから当然のこと。それと、今日はゆっくりしてきて良いからね。久しぶりにお鶴さんのご様子伺いをしてらっしゃい」

ゆっくりしてきて良いという言葉を聞いて、佐保は稀代もまた自分を気遣っているのだと気づいた。

同じ年ごろのお鶴とお喋《しゃべ》りでもして、元気になっておいでということだろうか。

「はい……」

申し訳ないと思いつつ、佐保はありがたく、木箱を押し頂いた。


「佐保さん！」

白丸屋で主人の吉兵衛に挨拶《あいさつ》を済ませ、奥へと向かうと、佐保の来訪を知ったお鶴が駆け寄ってきた。

愛犬のゆきも、尻尾《しっぽ》をビュンビュンと振って、ワンワンとせわしなげに佐保の周りをまわっている。

「もう、佐保さんたらなかなか来てくれないのだもの。ゆきだって、ほら、こんなに寂しがってたのよ」

「ごめんなさい」

「いやさても、お見限りではないかいなぁ～」

「え？　何？」

急にお鶴がおかしなシナを作りながらそう言ったので、佐保は驚いてしまった。

「お嬢さまは近頃、芝居に夢中で」

と嘆いたのは、お鶴の乳母のゐいである。母を早くに亡くしたお鶴にとって、母親代わりの存在だ。

「お元気になったのはようございますが、あまりそのような真似は」

と、ゑいはお鶴を諭すように小言を言った。

「はしたないって言うんでしょ。はいはい」

と、お鶴は受け流した。

「もうまたそのように」

どんなに邪険に扱われても、ゑいの温かなまなざしには揺るぎがない。

私はお嬢さまの絶対的な味方――そう物語っているようだ。

羨《うらや》ましい……。

そう思った瞬間、佐保はまた一つため息をついていた。

く～ん、甘えたような声を出して、ゆきが佐保の手を舐《な》めてきた。

ゆきはこの数か月でみるみる大きくなった。真っ白な毛並みはつやつやと美しく、黒い目は穏やかで、大丈夫かと言ってくれているようだ。

「お前は良い子だね」

と、ゆきの頭を撫《な》でながら、佐保は鼻の奥がツンとなるのを感じた。

いけない、いけない、また泣いてしまいそうだ。

「……どうかしたの？　嫌なことでもあった？」

お鶴が心配そうにそう問いかけてきた。

「ううん、大丈夫」

と、佐保はわざと元気よくかぶりを振ってみせた。

「ごめんね。忙しくてなかなか顔を見せられなくて」

「お勉強？」

「まあね」

「ならしょうがないけど……ねぇ、佐保さん、一つお願いがあるの」

お鶴は躊躇《ためら》いがちにそう言うと、顔の前で拝むように両手を合わせた。

「ねぇ、一緒にお芝居観に行って」

「お嬢さま、またそのような」

と、ゑいが睨《にら》む。

「だって、夢さまが観たいんだもの！　八重垣姫をするっていうのに、観に行けないだなんて、それはあまりの仕打ち、無慈悲、むごぉございまするぅ、だわ」

佐保は、お鶴が言う「夢さま」も「八重垣姫」も何のことやらわからない。

「夢さまって？」

「澤田《さわだ》夢之丞よ！　もうぉ、そりゃ惚《ほ》れ惚《ぼ》れする色気なの。この世の人じゃないみたいって、観てきた人は誰もがそう言うわ。なのに駄目だっていうのよ、おとっつぁんもおゑいも」

「だからって、私が一緒に行くって言っても」

無理ではないかと、佐保は言ったが、お鶴はかぶりを振り、

「佐保さんが一緒なら、駄目って言わない」

と、自信ありげに言い切るのであった。

「でも……私は」

無理だと佐保は思った。お鶴のように勝手が許されるお嬢さまではない。

「そんな無理をお願いして。佐保さんには酷というものです。お許しがないと勝手は許されないでしょうし」

と、佐保の代わりにゑいが諭すように言った。

しかし、お鶴は引き下がらない。

「使用人だからってたまにはお芝居見物ぐらいしてもいいって思うわ。それに、おゑいだって、本当は観たいくせに。でしょ」

「そりゃ、芍薬《しやくやく》役者ですからね、誰だって……」

と、ゑいは同意しかけて、いえいえと口をつぐんだ。

俗に、美人の形容として、「立てば芍薬座れば牡丹《ぼたん》歩く姿は百合《ゆり》の花」と言われるが、どうやら、夢之丞はその芍薬の花にたとえられるほど美しい女方らしい。

「お芝居ってそんなに面白いんですか」

と、佐保は問うた。宴席での座興ならともかく、ちゃんとした芝居というのは観たことがない。

「まさか、観たことないの？」

お鶴がびっくりしたように目を丸くした。

「駄目よ、そりゃ、もう絶対観なきゃ」

お鶴は佐保の手を取り、今にも連れて出かけんばかりの勢いだ。

「う、うん……」

あまりの勢いに戸惑いつつも、これほど夢中になれる芝居がどういうものか、佐保は観てみたいと思ったのであった。

「芝居見物？　澤田夢之丞の？」

多紀家に戻った佐保は、駄目だと言われるに違いないと思ったが、一応、稀代にお伺いを立てた。

「どうしてもと、そのぉ……でも、やっぱり無理ですよね」

「わかりました。行きましょう！」

言うなり、稀代は立ち上がった。

「何を着ていこうかしらねぇ、そうねえ、夢さまを観るなら、やはり芍薬の花がないと……確かあの小袖《こそで》が……ええっと、どこにあったかしら」

稀代は箪笥《たんす》を開けて、独りぶつぶつ言いながら、衣装を選び始めた。

「演目は十種香だったわね。だったら、香繋《つな》がりで、源氏《げんじ》香《こう》にするというのもいいわね」

「あのぉ、大奥さま……」

佐保の声が聞こえないのか、稀代は夢中になっている。こんな稀代を見るのは初めてだ。

稀代は手を止めて、振り返った。

「佐保さん！」

「あ、はい」

「私がお嬢さまをお連れしますとね、そう白丸屋さんにお伝えなさい。そうすれば、白丸屋さんも駄目とは仰《おっしゃ》らないでしょう」

「はい、それはもう」

佐保の返事を聞きつつ、稀代は箪笥から、着物を包んである畳紙《たとうし》を、大切そうに取り出した。

開くと、爽《さわ》やかな薄緑が目に飛び込んできた。柔らかな縮緬《ちりめん》地の小袖だ。

「さ、ちょっと立ってごらんなさい」

稀代は、佐保を立たせると、着物をあてかけ、袖を通させた。裾《すそ》と袖に、白、薄紫色の芍薬が品よく染め抜かれている。

「古いものですが物はよいのです。……うん、よく似合う。これならば引けはとるまい。これにしましょう」

「……あのぉ」

「いいですか、よく覚えておきなさい。芝居見物は衣装選びから始まるのです」

稀代は今まで佐保が見たこともない、にこやかな笑顔になった。

三

こうして、佐保は初めての芝居見物に出かけることになった。

一行は、白丸屋からはお鶴とその乳母のゑい、多紀家からは、稀代と元胤の妻の志津、佐保、そして、元堅の総勢六名であった。

多紀家の面々は一度、日本橋《にほんばし》の白丸屋に集まり、それから芝居小屋のある堺町《さかいちょう》へと向かうことになった。

白丸屋のある日本橋から堺町までは目と鼻の先である。

佐保は稀代が見立ててくれた小袖に身を包んだ。稀代と女中頭の芳が面白がって佐保の髪を武家風の島田に結い、帯は文庫とそれなりの拵《こしら》えをさせてくれた。

「おお、良い。よく似合う」

稀代は満足気で、普段無口な志津までもが、「本当に」と微笑んでくれたのはいいが、それがとても居心地が悪い。

元堅に至っては、口をぽかんと開いたかと思ったら、大笑いする始末だ。

もったいないから脱ぎたいと申し出たが、許してもらえなかった。だが不思議なもので、しばらく着て歩いているうちに、ずいぶん昔からこんな着物を着ている気分がしてきた。絹地はとても柔らかく体に沿い、きゅっと胸高に締めた帯すら、心地よく、背筋が伸びる。

佐保以外の女たちもみな思い思いにめかしこんでいた。

稀代は遠めには無地に見える青錆《あおさび》色の江戸小紋に源氏香柄の帯、色白の志津は薄紅と薄紫をぼかし染めた小袖、お鶴は大奥御用の呉服商白丸屋の一人娘らしく、赤姫を意識したのか、赤地に小花を散らした振袖《ふりそで》と華やいだ装いである。ゑいも控えめだが、いつもより少しお洒落《しゃれ》ななりをしている。

その先頭を露払いよろしく、左右に目をやりながら歩いているのが元堅であった。

「芝居見物なんて……」

と、最初、鼻で笑っていた元堅だが、芝居に行く日取りを決める段になって、

「女ばかりで不用心でしょう。なんなら、私がついていってもいいですよ」

などと、ひねた物言いで、稀代についていくと言い出したのである。

「別に来てもらわなくても結構ですよ」

と、稀代が断っても、

「いや、しかし、あの辺りはいかがわしい店も多うございます。白丸屋も気がかりでしょうし、兄上もご心配だろうし」

元堅はもごもごと言い、稀代はやれやれと苦笑いを浮かべた。

「もうぉ、観たいなら観たいと素直に言えばよいものを」

「いや、そのぉ……あ、はい、観たいです」

軽く母に睨《にら》まれて、元堅は肩をすくめたのであった。

歌舞伎のはじまりは安土桃山《あづちももやま》時代、出雲阿国《いずものおくに》がややこ踊りから始めたかぶき踊りだとされる。やがて、そこから遊女歌舞伎、若衆歌舞伎が生まれ、江戸にも多数の芝居小屋が誕生していた。だが、風紀を乱すという理由から、野郎歌舞伎（男だけで演じる）だけが残った。

文化十三（一八一六）年当時、奉行所の認可の元に興行を執り行っていたのは、中村《なかむら》座、市村《いちむら》座、森田《もりた》座の三つ、いわゆる江戸三座であった。

中村座は堺町、市村座は葺屋町《ふきやちょう》（いずれも現在の日本橋人形町《にほんばしにんぎょうちょう》）、森田座は木挽町《こびきちょう》（現在の銀座《ぎんざ》）にあった。

特に中村座と市村座は通りを隔てて隣接しており、間には人形浄瑠璃《じょうるり》の小屋や曲芸、南京あやつり（人形浄瑠璃よりも小さな人形をつかう）や見世物小屋なども集まっていて、一帯は一大歓楽街になっていた。

行き交う人の顔も何か華やいでみえる。

中村座、市村座、両芝居小屋の前には役者の名を大々的に書いた幟《のぼり》が何本も翻り、それぞれの小屋の中央には、幕府の認可を受けたことを示す四角い櫓《やぐら》が高々と上がっている。櫓の横には、勘亭流《かんていりゅう》の黒々とした招き文字で、外題《げだい》（演目）の看板が掲げられていた。

「楽しみなこと……」

と、稀代が看板を見上げて呟《つぶや》いた。

外題は、『本朝廿四孝《ほんちょうにじゅうしこう》』。

作者には近松半二《ちかまつはんじ》、三好松洛《みよししょうらく》、竹田因幡、竹田小出、竹田平七、竹本三郎兵衛らが名を連ねているが、ほとんどは半二ひとりが執筆したと考えられている。

初演は明和《めいわ》三（一七六六）年一月に大坂竹本座にて人形浄瑠璃として演じられ、その四か月後には歌舞伎として上演されることになった、人気作品であった。

物語は戦国時代、武田信玄《たけだしんげん》と長尾《ながお》（上杉《うえすぎ》）謙信《けんしん》の対立を軸に、斎藤道三《さいとうどうさん》の野望や直江《なおえ》山城之助（山城《やましろ》守）、山本勘助《やまもとかんすけ》らの活躍を描いているものだが、内容は史実や伝承とはかけ離れている歌舞伎独特のものだ。

今回、お鶴や稀代が楽しみにしている夢之丞は、謙信の娘・八重垣姫を演じているわけだが、この姫もまた物語上の架空の人物で、武田家上杉家両家の和睦《わぼく》のために、信玄の息子勝頼《かつより》と許嫁《いいなずけ》の間柄という設定になっている。

物語の中で、勝頼は将軍を暗殺した者を捕まえることができなかった責任を取り切腹し亡くなることになっているが、その実、死んだのは家来の息子で、本物は生きている。

このことを知らない八重垣姫は、香を焚《た》き、勝頼の回向をしている——というところから始まるのが、四段目の「十種香」の場である。

八重垣姫は勝頼の絵姿を前に十種香を焚いているのだが、その絵姿そのままの男（実は本物の勝頼）の登場により、驚愕《きょうがく》し、「勝頼さま」とすがりつく。

その場には姫の腰元として、濡衣《ぬれぎぬ》という女が付き添っている。実は濡衣の恋人は勝頼の身代わりとなって死んだ男。彼女は男が本物の勝頼だと知っていて、亡き恋人を偲《しの》んでいるのだが、激情にかられた八重垣姫は、濡衣に対して、この恋を取り持って欲しいと願う。非常に大胆で、一歩間違うと蓮《はす》っ葉《ぱ》な女になりかねないが、そこは高貴な姫、純粋で一途《いちず》な姫の恋心として演じてみせる難しさがある。

さらに姫は、父である謙信が、勝頼を亡き者にしようとしているのを知ると、奥庭に祀《まつ》ってある兜《かぶと》に、危険を知らせに行きたいと祈願する。すると不思議なことに、神の使いである白狐が現れて、姫にのりうつり、勝頼の後を追うのである。

「……話はほかにもいろいろ入り組んではいるのですが、まぁ、この辺りをわかっていると楽しめるはず」

初めて観る佐保のために、事前に稀代は、ざっくりとあらすじを聞かせてくれていた。稀代曰《いわ》く、あらすじを頭に入れておくのもまた芝居見物をするために必要なことらしい。

佐保は稀代と志津の後ろから、芝居小屋に足を踏み入れた。

稀代も志津も慣れた様子で、玄関の下足番に草履を預け、座席へと向かう。

初めての佐保は、中へ入ったところで立ち止まってしまった。

天井はとても高い。正面に舞台。舞台には、黒と白、柿色の縞柄《しまがら》の幕がかかっている。左側下手には一階の客席を分断するように花道が延び、中二階、二階には舞台を見下ろすように客席がしつらえられてあった。

似ている——と、佐保は思った。

一階の舞台と客席、そこを見下ろす形のコの字に広がる客席廊下の形が、佐保が育った吉原の玉屋に似ていた。

楽し気に人が行き来するさまも、どこか廓《くるわ》を彷彿《ほうふつ》とさせる。

佐保たちは、中二階の上手、いわゆる桟敷《さじき》と呼ばれる上席に稀代、志津、お鶴、佐保、ゑい、元堅の順に座った。

桟敷からは舞台も花道もよく見える。白丸屋が手配してくれたおかげである。

客席はほぼ埋まっている。女も男も年代は様々、みな期待に胸を膨らませて舞台が始まるのを今や遅しと待ち構えているのがわかる。

隣に座ったお鶴からふわっとよい香りが漂ってくる。

「いい香り」

佐保がつぶやくと、お鶴が胸元から金襴《きんらん》の匂い袋を取り出した。

先日、稀代が手《て》毬《まり》と一緒に贈ったものだ。

お鶴は佐保に見せてから、稀代に向かって頭を下げた。

「ありがとう存じます」

「気に入ってくれてよかったこと」

と、稀代が微笑んだ。そのとき、幕の奥から、チョン……チョン……と少し長い間を開けて、柝《き》が鳴った。

それはそろそろ開幕という合図であった。

ちょうどそのころ、楽屋では八重垣姫の拵《こしら》えの終わった夢之丞が独り、目を閉じていた。

贔屓《ひいき》筋《すじ》から贈られた芍薬《しゃくやく》の花や反物、菓子、酒などが並び、華やかな楽屋の中で、美しい赤姫が佇《たたず》んでいる姿は、それはもう浮世絵にしたいような美しさだが、夢之丞は、その美しくあでやかな姫には似合わぬ、しかめっ面の難しい顔をしていた。

弟子たちは、夢之丞を気遣って外に出た。出番前に集中を高めるために、独りになりたがるのを知っているからだ。

人の気配が去ったのを感じた夢之丞は「はぁ〜」と大きく息を吐いた。同時に肩ががくっと落ちた。

きりきりと歯を食いしばり、膝《ひざ》が震えるのを必死にこらえていたのである。

夢之丞は目を見開いて、鏡を見た。

顔色の悪さはなんとか白粉《おしろい》で隠したが、白目の部分が充血し、瞳《ひとみ》が濁っているのがわかる。

頭の芯《しん》がきりきりと痛い。渋めに淹《い》れさせた茶を飲み干しても、まぶたがどんよりと重い。

このところ、眠れていないせいだ。いや、一応、眠ってはいる。

だが、毎夜、毎夜、夢を見て、何度も目が醒《さ》める。

夢の中でも夢之丞は、八重垣姫として舞台に立っていた。

姫は恋しい勝頼を助けるためにはどうしたらよいか、思案にくれている。

早く知らせに行きたいのだが、今は冬、諏訪湖《すわこ》は氷が張っている。

「今、湖に氷張り詰め、舟の行き来も叶《かな》わぬよし。歩路《かちじ》を行きては女の足、なんと追手に追いつかりょうか」

ここまで一息に、その後、浄瑠璃《じょうるり》語りが入ってから、八重垣姫の聞かせどころともいえる大事な台詞《せりふ》、「翼が欲しい、羽が欲しい、飛んで行きたい、知らせたい〜」と続くのだが、夢の中の夢之丞はそこで立ち尽くしてしまう。

「つ、つ……」

翼と言いたいのに、舌がもつれ声が出ないのだ。

いや、声が出ないだけではない、息もできない。

胸が苦しい、手を伸ばし助けを求めようにも、身体は硬直し、足先までしびれている。

「つ……、つ」

声が詰まり、目は宙を泳ぐ、舞台の真ん中で立ち尽くす自分。

お客の顔がみな、冷笑を浮かべ、ぐんぐんと大きくなる。

足元に大きな暗い穴が開いている。そこへ向かって堕《お》ちていく。

嫌だ。でも、どうにもできない。ただ、ただ……果てない底へ……。

と、ここで、いつも目が醒《さ》める。

ぐっしょりと寝汗をかいていて、喉《のど》が渇ききっている。

こうなってしまうと、その後、なかなか眠ることができない。結局、明け方までまんじりともせず、過ごすことになってしまうのだ。

　これが、このところ、毎晩続いている。

　嫌な夢だ。だが、頭が真っ白になって台詞が飛ぶなんて夢、役者なら誰でも一度は見る夢かもしれない。

　稽古《けいこ》不足が見せる悪夢だ。そう思って、いっそ眠れないならと、夜中から起きだして一人、稽古を始めてみたりするのだが、夢は翌日もそのまた翌日も繰り返される。幕開けすぐならともかく、千穐楽《せんしゅうらく》に向かって、こんな夢は減っていくはずなのに、回数は増える一方で、夢之丞の精神はもうギリギリのところまで来ていた。

　今では眠るのが怖いほどであった。

「あれは夢、夢だ。夢でしかない」

　自分に言い聞かせるように、夢之丞は何度もそう独りごちていた。

舞台が始まった。

人形浄瑠璃が元というだけあって、舞台の上手袖《そで》では義太夫節《ぎだゆうぶし》の太夫と三味線が舞台進行役として、出語りを行っている。

古めかしい言葉遣いは難しいが、幸い、佐保は廓時代に、花魁《おいらん》修業の一環として和歌や音曲を叩《たた》き込まれたおかげで、演じている内容はよくわかった。

いや、それよりも何よりも、華やかで、それでいて力強い、要所要所で役者が見せる型や見得《みえ》に、佐保は魅せられていった。

歌舞伎役者は幼い頃から、踊りを習い、型を習得していくという。

無駄のない美しい動き、ここぞというときに大きく切る見得、それに合わせて、ババン、バンバンと、激しい附け打ちが効果を高める……。

幕間になった。

「さ、どうぞ」

と、ゑいが豪華な漆塗りの重箱を取り出した。この芝居見物のために弁当を用意してくれていたようだ。

一段目には焼き魚に海老《えび》の甘煮、二段目には根菜の煮しめ、三段目には赤飯で作った握り飯と、まるで正月のおせち料理のような豪華さだ。

「おっ！　これはすごい」

元堅は大喜びである。稀代も志津も、にこやかに礼を言い、箸《はし》をつけている。

「さ、佐保さんも」

ゑいに促され、佐保が箸を手に持った時、お鶴が佐保の肩をそっとつついた。

「佐保さん、あそこ。あそこに入ってきたのって……」

お鶴の視線の先、一階の下手、花道の脇に見覚えのある懐かしい顔があった。

この正月、お鶴と初詣《はつもうで》に出かけたときに会ったきりの颯太であった。

お鶴はその折、颯太とちらりと挨拶《あいさつ》を交わしたきりだが、どうやら男ぶりが気に入った様子で、その後、何度も颯太のことを知りたがった。

「おっ、颯太じゃないか！」

と、元堅も気づいたのか、声を上げた。

そう思って見るからかもしれないが、上背のある颯太は大勢の客の中でもよく目立った。着流しをさらりと着こなした姿は鯔背《いなせ》で、きりりとした眉《まゆ》といい、役者にしても良いような男ぶりだ。

颯太はこれから舞台を観るつもりか、席を探している様子であった。

「誰です？」

と、稀代が問うた。

「玉屋の惣領《そうりょう》ですよ」

と、元堅が少し得意げに答えた。

「玉屋……あの吉原の？」

と、志津が冷ややかな声を出した。その目は重箱に注がれているが、佐保の答えを待っているのは明らかだ。

「昔、世話になった家の者です」

と、佐保は正直に答えた。

「そう……」

応じたのは稀代だった。

稀代も志津も、佐保が吉原に暮らしていたことを快くは思っていない。

それは佐保にはよくわかっていた。だから、「呼んできてやろうか」と、元堅が腰を浮かしかけても、佐保は「いいえ」と首を振ってみせた。

「もう声をかけるなって言われてますし、それに……向こうも連れがいるようですから」

颯太の横には薄紫の壺《つぼ》たれ模様の粋なお召に黒の献上帯をきりりと締めた女がいた。歳の頃は颯太より少し年上かもしれない。廓《くるわ》の女ではなさそうだ。しかし、襟の抜き加減は素人のようにも見えない。黒い瞳は濡《ぬ》れたように輝き、少し上気した頬を染めて、颯太を見つめている。

「誰、あの人……」

そう呟《つぶや》いたお鶴は食事どころではなくなった様子だ。声が険しい。

「さぁ、誰でしょうね……」

颯太が女の耳に何か囁《ささや》くと、女はおかしそうに微笑んだ。笑うと右側に小さくえくぼができて、女の顔がひときわ愛らしくなった。

すると、颯太の目じりが綻《ほころ》び、なんとも優しい目になった。

佐保は、はっとなった。颯太のその笑顔は、遠い昔、佐保と颯太がまだ兄妹《きょうだい》のようにじゃれ合っていたときによく見たものだったからだ。

やがて颯太と女は空いている場所に並んで腰を下ろした。

「颯太の女かな」

「何です、その言い方は」

はしたないと稀代に睨《にら》まれて、元堅は肩をすくめている。

佐保は黙っておにぎりを口に運んだ。

「……ねぇ、本当に知らない人？」

と、お鶴が佐保に囁いた。

「うん……」

颯太は今年十八。廓に育った颯太に色事がない方がおかしいぐらいなのに……。

なぜだろう、颯太に好《い》い人がいるだなんて、今の今まで考えたこともなかった。

「お前はここにいちゃなんねぇ！」

そう怒鳴り、必死に佐保を廓から出そうとしてくれた颯太の顔が思い出された。

「うぐっ……」

おにぎりが喉《のど》に詰まり、佐保は慌ててお茶に手を伸ばした。

「……さ、早く食べてしまいましょう。次の幕が始まってしまいますからね」

稀代が言い、颯太とその女への詮索《せんさく》はそこで打ち切りになった。

「十種香」の場が始まった。

幕が開くなり、なんとも芳《かぐわ》しい香の香りが漂ってきた。

舞台の上手では、八重垣姫が愛しい男が描かれた掛け軸の前で読経をしている。

やがて姫は、死んだはずの勝頼と瓜二《うりふた》つの男（実は本物の勝頼）と腰元との仲を邪推し、なじる。

「これ、濡衣、そなた、とうから（以前から）近づきか」

「はい……いいえ、あの、お姫さまとしたことが、たった今見えたお人、なんのまぁ私が」

「いや、隠しゃんな、今の素振り、忍ぶ恋路というような」

姫と腰元が男を巡って言い合いをしている。

「さぁ、見染めたが恋路のはじめ。後ともいわず今ここで」

「仲立ちせいとおっしゃるのか」

女たちのやり取りが続く。

佐保は舞台が気になりつつも、花道脇に目が行くのをどうしても抑えられずにいた。

颯太の横で、女はじっと舞台を見つめている。

ほっそりとした首をしている。綺麗《きれい》な横顔だ。

視線に気づいたのか、女がこちらを見た。

いけない！　目が合ってしまう……。佐保は慌てて目を伏せた。

すると、隣にいるお鶴が膝《ひざ》の上で、ぎゅっと拳《こぶし》を握っているのが目に入った。

なんと、お鶴は怖い顔をして、颯太の横にいる女を凝視していた。

女もまたお鶴を見たはずだが、何事もなかったようにすっと、舞台へと視線を戻した。次の瞬間、お鶴はフンと憤慨したような息を漏らし、彼女もまた、何事もなかったかのように、舞台へと目を転じた。

お鶴がここまで、女に嫉妬《しっと》していることに佐保は驚いたが何も言えなかった。

佐保もまた、舞台へ目を向けた。何も考えず、ただただ、舞台を眺めることで、颯太と女のことを忘れようとしたのであった。

舞台は滞りなく、進んでいった。

初めて観る夢之丞の八重垣姫は美しく、気高かった。

恋する人の危難を救うために、「翼が欲しい、羽が欲しい、飛んで行きたい、知らせたい」と叫び、狐に憑《つ》かれたように狂いをみせる。

義太夫節が、「飛ぶが如くに〜〜」と唸《うな》るのに合わせて、八重垣姫は花道を駆け抜けて、引っ込み、場内は割れんばかりの拍手に包まれた。

芝居が終わって、佐保たちは小屋を後にした。

颯太たちと顔を合わせたら、どんな顔をしたらいいのかと思っていた佐保であったが、それは杞憂《きゆう》に終わった。

颯太たちはさっさと出てしまったとみえ、顔を合わすことはなかったからである。

「やぁ、凄《すご》かったなぁ。綺麗だったなぁ」

元堅は興奮気味に、夢之丞が良かったと連発している。かなり感激した様子だ。

志津もまた、久々の観劇が楽しかったようで、

「ようございましたね。さすがに今評判の夢之丞だけあります」

と、稀代に話しかけた。

だが、稀代は、少し渋い顔をして、一つ吐息を漏らした。

文句があると言いたげだ。

「何かいけないところがありましたか？」

と、元堅が問いかけた。

「……まぁ、悪くはないけれど。以前観た時よりも何やらキレがない。足もおぼつかないような」

「狐に憑かれたんだから、そんなものでしょ」

「そういう解釈で演じているのであればそうかもしれぬが……」

稀代は納得がいかない様子である。

「そうかなぁ。まぁ、私は良かったと思うけどな。なぁ、佐保はどう思う」

「どうと言われても……」

佐保は口ごもった。初めて観た夢之丞だ。芸の善し悪しを語ることなどできない。

「私には十分、面白うございました。連れてきていただきありがとうございました」

稀代とお鶴に向かって佐保は頭を下げた。

ゑいもその場を取りなすように、

「さようでしたね。私も満足いたしました。綺麗でしたねぇ、お嬢さま」

と、お鶴を見たが、お鶴は、

「……そうね」

と、素っ気なく答えただけであった。お鶴はまだ颯太と一緒にいた女のことが気にかかっている様子で、それについては、佐保もまた同じであった。

そのとき、颯太は小夜を連れて夢之丞の楽屋に向かっていた。

今回、小夜との芝居見物は、「夢之丞の芝居を観に行く」と漏らした颯太に、「私も連れてって、ねぇ」と常になく強引にねだられてのことだった。

　颯太と夢之丞とは去年の秋からの付き合いだ。

　夢之丞がご贔屓《ひいき》筋に連れられて吉原へやってきたのが初めで、最初は変な男だと思った。

「お前さんも女の生き血を吸う蜘蛛《くも》ということですね」

　挨拶《あいさつ》をしたその日に、いきなりそんなことを言われたからだ。

　たしかに、廓《くるわ》の男は女の生き血を吸う亡八《ぼうはち》者だと言われているが、面と向かって、廓以外の男からそんなことを言われるとは思っていなかった。

　喧嘩《けんか》を売っているのかとも思ったが、そうではなかった。

「私も同じ蜘蛛です」

　そう言って自嘲《じちょう》気味に笑った夢之丞は男の目から見ても、はっとするほど色っぽかった。

　歌舞伎役者は時に色を売る。当時、役者買いは当たり前のように行われていた。

　夢之丞は自らのことを、廓の女と一緒にするのではなく、女の生き血を吸っている側だと言ってのけた。

　少し投げやりとも思える脆《もろ》さが、芸道にかける頑《かたく》なまでの一途《いちず》さ、真面目さの裏返しであることはすぐにわかった。そして、それが颯太にとっての夢之丞の魅力になった。

それにどうも縁があるらしく、続けざまに顔を合わせた。話していると楽で、独りが好きなくせに孤独が寂しくて、人恋しくなる。そんなところも似ていた。

気付けば、「颯さん」「夢さん」と呼び合う仲になっていた。

不思議なことに、颯太は夢之丞といると、彼の方が年上なのに、なぜかこの人を守ってやらねばと思ってしまうのである。

夢之丞の楽屋は一番奥にあった。入り口にはご贔屓筋から贈られたのだろう、浅黄色に「夢」と大書された楽屋暖簾《のれん》が下がっていた。

「やっぱりよしとく」

楽屋の前にまで来て、小夜は夢之丞に会うのを躊躇《ためら》った。

「どうして」

「そろそろ仕事に出なきゃだし。それに……夢は夢のままにしときたいから。良かったって颯さんから伝えといて。じゃあね」

化粧を落としたところを見て幻滅したくないということか、それとも、男同士の付き合いに入ることを躊躇ったのか。ともかく、小夜はさっさと帰ってしまった。

いつも去り際はあっという間だ。

贔屓だと思って会わせてやる気でいたのに、どうにも掴《つか》めない女だ。

「ま、いいや」

颯太がそう独り言《ご》ちて、小夜の後ろ姿を見送った、その時だった。

楽屋の奥で、どたっと何かが倒れる音がして、悲鳴にも似た声が上がった。

案内も請わず、颯太は暖簾をくぐり、奥の座敷に駆け上がった。

「夢さん！」

倒れていたのは夢之丞だった。

鬘《かつら》や衣装を取り、肌襦袢《はだじゅばん》だけの姿だ。

弟子たちが慌てて夢之丞を助け起こそうとしていた。

颯太が慌てて駆け寄ると、意識はあるようで、

「あ……颯さん……」

と、青ざめた顔で応《こた》え、手を握ってきた。

「大したことじゃない、大したことじゃ」

だが、その手を取った颯太は驚いた。まるで凍ったように冷たい。

芝居のときにはわからなかったが、ずいぶんと痩《や》せたようだ。

「おい、何か、上に着るもの。それから、布団を」

泡を食っている弟子たちに、颯太がそう命じていると、騒ぎを聞きつけた座元の勘三郎《かんざぶろう》が入ってきた。

勘三郎と颯太も面識があった。勘三郎はちらっと颯太に会釈を送ってから、

「ああ、またかい」

と言った。つまりは夢之丞が倒れたのは今日が初めてではないらしい。

「お医者を呼んできましょう」

颯太がそう言うと、夢之丞は「いや、要らない。やめとくれ」と声を振り絞った。

「けど、一度診てもらった方がいいんじゃねぇか」

「毎度のこと……少し寝てれば戻ります」

そう言って、夢之丞は弟子が差し出した茶碗《ちゃわん》の水を飲み干した。

「けど……」

「平気でございますよ。……いやさ、このまま飛んで行きたい。冥土《めいど》まで」

夢之丞の目が遥《はる》か遠くを見ている。

「何てことを！　縁起でもねぇぜ、夢さん。そんなこと言うもんじゃねぇ」

正気に戻ってくれとばかりに、颯太は怒鳴り、夢之丞の両の肩を揺さぶり続けた。

夢之丞はふっと小さく笑った。

「冗談ですよ。死にゃしません」

それを見て、勘三郎が「また始まった」といわんばかりに吐息を漏らした。

どうやら死にたいとこぼすのもいつものことらしい。

「本当に冗談にしといておくれよ。千穐楽《せんしゅうらく》まであと少し。舞台に穴をあけてもらっちゃ」

困ると言い掛けた勘三郎に向かって、夢之丞はギョロリと目を剝《む》いた。

汗でところどころ剝《は》げ落ちた化粧と相まって、凄《すご》みすら感じさせる。

「……何があっても舞台だけは最後まで務めます」

夢之丞の声には、これまで颯太が一度も耳にしたことのない、暗い響きがあった。

四

元堅が兄の元胤の名代として、立花瑞峰と共に吉原に向かったのはそれからすぐのことだった。今度医学館で講義をしてくれる客人の接待ということだったが、元胤は大奥に急病人が出たとの知らせを受け登城することになり、代わりに伺うことになったのだ。

客人は、水戸藩士で本草学者の佐島平三郎。瑞峰とは旧知の仲らしく、二人は楽し気に語らっている。

吉原で、それなりの遊女と遊ぶ場合、中央通りである仲《なか》の町《ちょう》の引手茶屋で待つというのが本来だが、大見世玉屋の主人山三郎とは昔馴染《むかしなじ》みの瑞峰は、玉屋の座敷に直行するのが常であった。

玉屋の方も心得ていて、瑞峰が来るとなると、酒肴《しゅこう》を揃え、奥の座敷でもてなす。今日も贅《ぜい》をこらした料理膳《ぜん》と酒が用意されていて、あとは女を呼ぶばかりとなっていた。

「失礼します」

と、座敷に入ってきたのは颯太であった。

颯太は今日もまたぱりっとしたお召に身を包み、口上よろしく挨拶《あいさつ》を始めた。

「本日はようこそお越しくださいまして、ありがとう存じます。父からもくれぐれもよろしくと言いつかっております。至らぬところはあるかと存じますが、ご遠慮なく仰せつけを。では、失礼して、まずはご一献」

流暢《りゅうちょう》に挨拶をしてから、颯太は瑞峰の盃《さかずき》に酌をしようとした。

いつの間にこんな商売人になったのかと、元堅は啞然《あぜん》と見つめるばかりだ。

「今日はこちらの方の接待じゃからな」

と、瑞峰は佐島への酌を先にするように促した。

「水戸の佐島平三郎どのだ。本草学の有名な先生でな」

「これは失礼いたしました。どうぞこれをご縁にご贔屓《ひいき》を」

と、颯太は如才ない。すっと佐島の方へと膝《ひざ》を進め、酌をし始めた。

佐島は盃を受けつつ、困ったような顔になり、

「有名な先生というのは余計です。ただの不調法者で……。今日はまさか吉原にとは思っておらず」

佐島はどうやらあまりこういう場に慣れていないようで落ち着かない様子である。

そこは自分と一緒だと元堅は、少しほっとしていた。

「儂《わし》の友はみな真面目な堅物ばかりじゃ。まさに類は友を呼ぶじゃな」

そう言って、瑞峰はにやりと笑った。

「はて、それは。さしずめ佐島さまは、『泥中《でいちゅう》の蓮《はちす》』とお見受けしましたが」

と、颯太が茶目っ気まじりの顔になった。

「泥中の蓮」とは大乗仏教の言葉で、蓮は泥の中であっても清らかな花を咲かせることから、どんな境遇であっても清らかな自分を保っている人という意味がある。

「おっ、颯太もそういうことを言うようになったか」

と、瑞峰は愉快そうだ。

「生意気を申しました」

「いやいや、すっかり跡継ぎの顔になったもんじゃ」

「恐れ入ります」

と、颯太は瑞峰、そして、元堅へと酌をして回る。

「で、どうだ。山三郎の具合は」

と、瑞峰が尋ねた。

「どこまで本当かわかりませんが、箱根《はこね》でのんびりしたいなどと贅沢《ぜいたく》なことを」

颯太の父、山三郎は相変わらず腰の様子が悪いらしく、箱根に湯治に出かけたという。

「それもこれもお前が立派にこなしているおかげだな」

「先生のおかげでございます」

颯太はかつて脚気衝心《かっけしょうしん》で死にかけたとき、瑞峰に診てもらってから、この老人を信頼していた。

「儂というよりも、命の恩人は別にいるだろう」

　と、瑞峰はお前を救ったのは佐保ではないかと言いたげであった。

「そういえば、先日、中村座で見かけたぞ」

　酒を一口飲んだ元堅は、颯太を少しからかってみたくなった。

「えっ……ああ、元堅さまもご観劇で」

「ああ、母上たちのお供でな。あの折、お前、良い女を連れていたではないか」

「女？　どこの女だ。こいつ、隅に置けぬな」

　と、瑞峰も興味津々という顔になった。

「ほんの馴染《なじ》みでございますよ。夢之丞を観たいと言うので連れて行っただけで」

　颯太は平然と穏やかな笑顔を崩さない。

「佐保がどこの人だろうと案じていたぞ」

「さようで……」

　颯太はさらりと受け流した。それから、瑞峰に向き直ると、

「先生、一つお願いが」

　と、姿勢を正し、真剣な顔になった。

「なんじゃ」

「ほかにお話しになられては困るのですが……夢之丞の具合があまり良くないようなのです」

瑞峰は佐島と元堅へ目をやってから、穏やかな笑顔でこう答えた。

「儂らは医者じゃ。病人のことをよそでは話さん。で、どんな風に悪いのだ」

「はい。それが……」

と、颯太は楽屋で見たことを話し始めた。

倒れたこと、手が氷のように冷たかったこと、死を口にすること、そして、何より、恐ろしいばかりの舞台にかける思いがあること……。

「二人になったときに訊《き》いたのですが、どうやら眠れない日が続いているようで、あのようなことでは千穐楽まで持つのか、本当に死んでしまうのではないかと気がかりでなりません」

心配でならないのか、颯太は瑞峰の前に手をつき、助けを求めた。

「……うむ。ちゃんと診てみぬことにはなんとも言えぬが……おそらくは気鬱《きうつ》によるものであろうなぁ」

瑞峰の答えに、佐島も頷《うなず》いている。

「気鬱……で、ございますか」

「うむ。元堅、気鬱はどのようなものか、言うてみぃ」

急に瑞峰から話を振られて、元堅は焦って答えた。

「気鬱とは、その字のごとく、気が鬱々とすることでございます。気が落ち着かぬというか、そのぉ」

それぐらいはわかるとばかりに、颯太が微笑んでいる。

「強い不安や緊張が過ぎると、気の巡りが悪くなるんだ。気というのは体の全てを、こう、上手《うま》く回すためには必要なもので、なので、巡りが悪くなるとそのぉ、イライラとしたり、落ち着きがなくなったりだな。人に当たったりしてしまう」

「さしずめ、今のこいつだ」

と、瑞峰が茶化した。

「先生、それは」

ひどいと、元堅は瑞峰に抗議しようとしたが、佐島までもが面白そうに笑っているのを見て、ため息が漏れた。

「いえ、よくわかります。去年の私がそうでした」

颯太は脚気で苦しんだときのことを思い出したのか、神妙な顔で頷き、さらにこう問うた。

「眠れなくなるのも気鬱のせいですか」

「おそらくはな」

と、元堅の代わりに瑞峰が頷いた。

「ただでさえ今の季節、人は鬱々となりがちですからね」

と、佐島が口添えした。

「そうなのですか」

颯太が不思議そうに尋ねた。

「ええ、陽気が盛んになると、植物は芽を吹き、花を咲かせるなど勢いが増すでしょう。ですが、人というのはなかなかそれについていけぬところがありましてね。どうにも落ち着かず、不安を感じやすくなるようです」

佐島の語り口は穏やかで、わかりやすい。

「ともかく、一度、医学館に連れてくるがよい。人に見られたくないのであれば、儂の家でもよいぞ。いや、いっそ、儂が楽屋に出張《でば》るか」

と、瑞峰が言った。

「そうしていただきたいのは山々なのですが、夢之丞はとにかく医者嫌いなのでございます」

颯太の答えを聞いた瑞峰は渋い顔になった。

「芍薬《しゃくやく》役者が医者嫌いとは、妙な話じゃのぉ」

「何が妙なのですか？」

と、元堅が不思議そうな顔で尋ねた。

「芍薬とは、字を考えてみろ」

瑞峰はそんなことも知らないのかと言わんばかりだ。

元堅は頭の中で芍薬という字を思い浮かべた。芍薬の「芍」という字は草冠にひしゃくを表す勺の字を書き、勺薬とすれば、薬を調合したさまとなる。

「あ……」

「ほらな、つまりは薬の中の薬、それを嫌うとは、紺屋《こうや》の白袴《しろばかま》、いや、易者の身の上知らず」

「まさに医者の不養生」

と、佐島が応じた。

「そう、それそれ」

と、瑞峰と佐島は頷きあった。

「つまりは……」

と、颯太が身を乗り出した。

「芍薬の花のようだというのは、薬のようだということなのですか？」

「うむ。俗に立てば芍薬というであろう。あれの本来の意味はな、『立てば』すなわち、苛々《いらいら》と気が立ったときは芍薬の根を煎《せん》じるという意味じゃよ」

「ついでにいうと、牡丹《ぼたん》も百合《ゆり》も、生薬です」

と、佐島が微笑んだ。

「座れば牡丹」の「座れば」は座ってばかりいて血が滞った場合には、牡丹の根の皮である牡丹皮が効く。「歩く姿は百合の花」の「歩く」は、揺ら揺らとはかなげに歩く場合には、百合根が良いとされるのである。

「なるほど」

佐島から説明を聞いた颯太が感心したような声を出した。

「美人の言い表しとばかり思っておりました」

「ま、どの花も美しく、美人に喩《たと》えたくなるのはよくわかります」

と、佐島が応じた。

「さてと、医者嫌いの診たてをどうするかだが」

と、瑞峰は良いことを思いついたという顔をして、颯太を見た。

「そういう時のために佐保がおる」

「佐保ですか……」

颯太は少し困ったような顔になった。

「ちょっと待ってください。佐保に料理を作らせるんですか！」

と、元堅は思わず声が大きくなった。

「なんじゃ、お前は異を唱えるのか」

「いくらなんでも、若い娘を役者のもとへ通わせるわけにはいかぬでしょう」

「心配はいらぬ。颯太が一緒じゃ。なぁ」

「えっ」

と、颯太が瑞峰を見た。

「そうだ。どうせ昼間は暇であろうが」

「まぁ……あ、はい」

颯太はあまり気が進まないようだが頷いた。

「いや、しかし」

「元堅、ではほかに手立てがあるか？　お前が行ったところで追い返されるのがオチ。屁《へ》のツッパリにもならんぞ」

「またそんな。もうぉ、……ねぇ」

元堅は救いを求めるように佐島を見た。

佐島は何やら物思いにふけっている。

「佐島さま？」

「ん？……ああ、いや、その佐保という娘は、以前元胤どのから伺った、人の足りぬところがわかるという娘ですか」

「そうじゃ。聞いていたか。昨年の秋より医学館で預かっておる。聡《さと》い娘でな」

「さようで……」

「玉屋で花魁《おいらん》にするというので、強引に引き取ったのじゃ。せっかくの才を埋もれさすのはもったいないからの。この颯太とは、兄妹《きょうだい》同然に育った間柄でな。のう、颯太」

「はい……」

颯太は頷《うなず》いた。

「なるほど。それではそれが一番でしょうな」

「そうじゃろうて」

佐島の返事を聞いた瑞峰は満足げに頷いたのであった。

十日も経たないうちに、芝居小屋に足を運ぶことになろうとは、思いもしなかった。それも颯太と一緒に——。

瑞峰から、夢之丞の元へ行くようにと言われた佐保が最初に感じたのは、嬉《うれ》しさよりも戸惑いだった。

「はぁ……」

ため息まじりに「承知いたしました」と答えた佐保を見て、瑞峰は、

「なんじゃ、お前も気鬱《きうつ》か？」

と声を上げた。

「えっ……私が？」

「先ほどから、ため息ばかりついておるではないか」

見抜かれた思いがして、佐保ははっとなった。自分でも近頃ため息が多いと思ってはいた。数え唄《うた》を聞いて大泣きして以来のことだ。

「そのようなつもりは……申し訳ございません」

と、佐保は頭を下げた。

「謝らんでもよいが。そうか、お前も紺屋の白袴か」

「はい？」

「いいから、自分のこともちゃんと診なさい」

そう言って、瑞峰は佐保に手鏡を持たせた。

少し肌もかさついて、不機嫌そうな顔になっていた。

確かに気が塞《ふさ》がっている……。

「ひどい顔……」

思わず、佐保は呟《つぶや》いていた。

「されば、この顔には何を食べさせる？」

「……金柑《きんかん》の甘露煮」

甘くて酸っぱいものは肌を潤し、気巡りにも良い。

佐保は、丸くて小さく黄色い金柑の実を頬張る自分の姿を思い描いてみた。きっと気が晴れる――そう思えた。

「うむ。ならば今すぐ台所へ行け。よいな。まずは自分を大切にせねば、人のことは治せぬぞ」

そう言って、瑞峰は優しく微笑むのであった。

五

話したいことはいっぱいある。だけど、何から話せばいいか、わからない。

一歩先を歩く颯太の背を見つめながら、佐保は黙々と歩いていた。

颯太は男衆の清蔵と一緒に医学館まで迎えに来てくれたが、他人行儀に「よろしくお願いします」と言ったきりだった。

「重そうですね、あっしが持ちましょう」

清蔵が気を利かせて、佐保の手から提げ重箱を受け取った。

「佐保ちゃんの手料理なら、きっと喜んでくれますよ」

清蔵は優しい。

夢之丞は気鬱だろうという瑞峰の推察に従って、佐保は少し料理を用意していた。

「だといいんだけど」

「お勉強はどうです？　難しいですかい？」

「ええ。覚えることがいっぱいあるから」

「難しい字が並んでいるんでしょうね、あっしには到底無理な話だ。ねぇ、若旦《わかだん》那《な》」

「だな」

颯太は前を向いたまま、小さく頷いた。

「……この前、夢之丞さんのお芝居観たのよ」

「らしいな」

「知ってた？」

こっちに気づいていたのかと、佐保は思ったが、颯太は、

「聞いた。元堅さまから」

と、素っ気なく前を向いたまま答えた。

「そう。……綺麗《きれい》だったね」

「ああ、そうだな。夢さんの舞台は凄《すご》い」

佐保が本当に訊《き》きたかったのは、あの「綺麗だった」女の人のことだ。だが、それ以上、どう訊いていいか、わからない。

「ああ、それから」

と、颯太は立ち止まり、振り返って、佐保を見た。

「夢さんは医者が嫌いなんだ。だから、お前のことは幼馴染《おさななじ》みで料理好きとしか言

ってねぇ。いいな」

「うん。わかった」

佐保が答えると、颯太はさっと前へ向き直った。

佐保は颯太の先導のまま、裏口から芝居小屋に入った。

清蔵は外で待つと言って、佐保に提げ重箱を返し、出て行った。

表の造作とはまるで違っていて、通路は狭く、鬘《かつら》、小道具、大道具が所狭しと置かれ、こんなに裏方に人が必要なのかと思うほどに、人で溢《あふ》れていた。

化粧に使う鬢《びん》付け油の匂いや人いきれ、女のなりはしていても、男ばかりの世界だ。時折、そこに贔屓《ひいき》の役者に会いに来た女がいる。そんな女は佐保を見ると、不遠慮なまなざしを向けてきた。「若い娘が何しに来たんだ」とでもいうみたいに。

佐保は俯《うつむ》いてそれらをやり過ごし、颯太に次いで「夢」と書かれた暖簾《のれん》をくぐった。暖簾の奥は、小上がりの玄関と水屋（小さな台所）のある次の間になっている。

颯太は案内も請わず、そのまま奥の座敷に向かった。

「よっ、あれ？　独りかい」

「ああ、他のは帰した」

そう答えたのは坊主頭の男であった。

「えっ！」

思わず、佐保は声を上げてしまった。まさか、夢之丞が髪を剃《そ》っているとは思っていなかったからだ。

鏡台を背にして、座っている夢之丞は、湯上りだろうか、浴衣《ゆかた》の上から長着を重ねて着ている。きちんと正座をしている姿は、まさにどこかのお寺のお坊さまのようだ。

髪がなくとも、いやないからこそ、目鼻立ちが整っているのがよくわかる。いつも人から見られている、その意識がそうさせるのか、端正で非の打ちどころがない。男ぶりからいうと、颯太もなかなかのものだが、夢之丞のそれは、まなざしの向け方一つ、ほんのちょっとした手の動き、どれもが計算されたように美しいのだ。

舞台で観るよりも、ほっそりしているが、思いのほか元気そうだ。いや、それどころか、口角の上がった笑みを浮かべ、佐保を見るまなざしは柔らかで、疲れはこれっぽっちも感じなかった。

佐保がまじまじと顔を見ているのに気づいた夢之丞は、

「これですか」

と、自分の頭をつるりと撫《な》でてみせた。

「どうせ鬘を被《かぶ》りますんでね、この方が楽なんですよ」

「すみません。つい……」

「いいんですよ。舞台、観てくれたんでしょ？　どうでしたか？」

夢之丞の大きな目で見つめられて、佐保は緊張気味に答えた。

「はい……とても、とても良かったです。あの『飛んで行きたい』っていうところ」

「そうですか。そりゃ、ありがとう」

「なぁ、夢さん、少しは眠れるようになったかい」

と、颯太が尋ねた。

「ええ、そりゃもう」

と、夢之丞は軽く答えたが、颯太は首を振った。

「なぁ、無理をしねぇでくれ。こいつは俺の身内みたいなもんだ。気を張る相手じゃねぇ」

「そうは言ってもね」

ふっと小さく夢之丞が微笑んだ。

「俺は夢さんに気を遣わせるために、こいつを呼んだんじゃねぇんだ」

颯太の横で、佐保も大きく頷《うなず》いてみせた。

もしも、弱みを見せまいと気を張っているのであれば、そんなもの、脱ぎ捨ててどこかに置いてきて欲しいと思った。

「やれやれ、颯さんにかかったら、元気芝居も抜けだらけか。私もまだまだだなぁ」

そう呟《つぶや》くように言ってから、夢之丞はふ〜っと大きく吐息を漏らすと、正座を崩し、あぐらをかきなおした。

「……夕べはね、とうとう一睡もできやしませんでした」

そう打ち明けた途端、夢之丞の顔からみるみる生気が失《う》せるのがわかった。

さっきまではやはり、から元気だったのか。

目もどんよりとして、丸まった背中がだるそうだ。

気力が乏しい。やはり瑞峰の推察どおり、気鬱《きうつ》の病なのだ。

夢之丞はもう一度大きくため息をついてから、佐保を見た。

「……颯さんの脚気《かっけ》を治したお人……たしか、そうでしたよね」

「はい」

と、佐保は頷いた。

「あと、三日なんです。三日持てば……」

千穐楽《せんしゅうらく》まであと三日。そこまで身体が持てばいいのだと、夢之丞は暗い顔で言った。

「またそんなことを。三日と言わず、ずっと長生きしてもらわなきゃ、困るよ」

と、颯太が子どもを叱りつけるように言った。

「そうですよ。私の料理を食べて精をつけて、元気になってください」

佐保はそう言いながら、持参した重箱の蓋《ふた》を取った。

中に入れていたのは、春菊のお浸しに、生姜《しょうが》、大葉、にんにくをたっぷりと使った鰹《かつお》の焼き切り（現在のたたきのようなもの）、そして、金柑《きんかん》の甘露煮だ。

「彩《いろどり》が綺麗だね……これを私のために？」

「ええ。颯ちゃんから、だいたいの様子を聞いて……気の巡りをよくするのが一番だと思って」

春菊は香りのよい野菜である。大葉や生姜などの香味野菜も、気を爽《さわ》やかにする効果があった。金柑の甘露煮も同様に、自分と同じく明るい気持ちになって欲しくて持ってきた。

「気の巡り……」

「気が滞っていると、ついつい嫌なことを思い出して辛《つら》くなります。眠れなくなるし、怖い夢も見ます」

「……そうですか」

「おっ。鰹もあるじゃねぇか」

と、颯太がはしゃいだ声を上げた。

「倒れたとき、夢之丞さんの手が氷みたいだったって言ってたでしょ。だから血の気が足りないんだと思ったの」

鰹の血のように赤い身は貧血に効くのだ。

「良かったら、からしと酢味噌《すみそ》もありますから」

と、佐保は酢味噌の入った小さな蓋つき小鉢を取り出した。

鰹は刻み生姜やポン酢で食べるものと思われがちだが、江戸時代は、からしや酢味噌で食べることが好まれていた。

「なぁ、夢さん、食べてくれよ」

と、颯太が夢之丞に、箸《はし》を手渡した。

「どうぞ」

と、佐保も勧めると、夢之丞は頷いた。

「けど、一人じゃ食べにくい。颯さんも」

一緒にと勧められ、颯太も箸を握った。

「……さて、何から食べるかなぁ。うん、旨《うま》い！」

颯太はおいしそうに鰹を頬張ってみせた。

夢之丞も同じく、鰹に箸を伸ばしたものの、一口食べただけで箸を置いてしまった。

「お口に合いませんか」

「いや、そうじゃなくて……」

そういう夢之丞の右手が細かに震えていることに佐保は気づいた。

「ああ、畜生、また始まった」

と、夢之丞は唇を噛《か》んだ。

「時々ね、すぐ治まるんですが。足も震えが出ることがあって……」

「大丈夫かい」

と、颯太が夢之丞の腕をさすっている。

「ああ、すまない」

どうしたらいいんだろう……。

苦しそうな夢之丞の姿を見ていた佐保は、その後ろに芍薬《しゃくやく》の花が揺れていることに気づいた。

贔屓《ひいき》客からの贈り物だろうか。白磁の花瓶に美しく、薄紅色の大振りの芍薬の花が活《い》けられていた。

「そうだ！」

言うなり、立ち上がった佐保を見て、颯太も夢之丞も驚いている。

口より先に手が動いていた。佐保は、芍薬を花瓶から抜き取った。

「これ、使っていいですか！」

「そりゃ、構いませんが……いったい」

「お湯、ありますよね。水屋お借りします！」

佐保は玄関脇の水屋で、湯を沸かしはじめた。

心配そうに颯太が見に来た。

「何をやってるんだ」

「芍薬はね、その名の通り、薬になるの。根っこには痙攣《けいれん》を抑える効能があるって、習ったから」

「けど、これは花だぜ」

「いいから、任せて」

そうして、佐保は、花びらと葉をむしり始めた……。


「……これは」

しばらくして、夢之丞は佐保が差し出した小鉢を見て、感嘆の声を上げた。

そこにあったのは、薄紅色の花に黄色い酢味噌……目にも鮮やかな芍薬花の酢味噌和《あ》えであった。

「それと、これも飲んでみてください」

佐保は湯飲みを差し出した。

「芍薬の葉と茎を煮出したお茶です。少し変わった味がするかもしれません。でも、痺《しび》れにいいはずだから」

「……大丈夫、飲めますよ」

夢之丞はまず湯飲みに手を伸ばし、一口すすった。

微笑むと、さらに、小鉢に箸をつけた。

「ああ、いい香りがする。それになんとも美しい」

一口食べた夢之丞は嬉《うれ》しそうに何度も頷いた。

「気がさっぱりと晴れる思いがしますよ。元気が出そうです」

「そうかい。そりゃ、良かった」

颯太の目じりが綻《ほころ》んだ。

「ありがとうよ、佐保」

「う、うん。こんなんで良かったら、いつでも作るから」

「そりゃありがたいね」

と、夢之丞も微笑んだ。

少しずつ、こうやって笑顔が増えていけば、きっと夢之丞は元気になってくれるはず……この時、佐保も、そして颯太もそう思っていた。

六

「大変って、どういうこと？」

次の日の昼前、また夢之丞の元に料理を届けるつもりで、佐保は医学館の台所にいた。そこへ慌てふためいた様子で清蔵がやってきて、夢之丞が大変だと告げたのであった。

「いや、だからそのぉ……」

いつも冷静な清蔵にしては珍しい。慌てて駆け続けてきたのだろう。咳《せ》き込んだ清蔵に、佐保は落ち着くように柄杓《ひしゃく》で汲《く》んだ水を勧めた。

「すまねぇ……」

一口すった清蔵は、息を整えた。

「……どうやら、大川に飛び込んだらしい」

「飛び込んだって、そりゃ身投げしたってことかい！」

と、佐保の横でマサが目を丸くした。

「そんな……」

佐保は驚きすぎて何も言えなくなった。

「いや、若旦那《わかだんな》はぜってぇ、そんなことはねぇって」

「でも、じゃ、なんで飛び込むんだよ。ねぇ、夢之丞は死んじまったのかい？」

マサは矢継ぎ早に尋ねた。

「いや、おっつけ、ここに」

医学館に運んでいるところだと清蔵は答えた。颯太と共に吉原を出て、両国《りょうごく》橋まで来たとき、川から引き揚げられたばかりの夢之丞に遭遇したという。

清蔵は颯太から、医学館へ運ぶから先に知らせに行くようにと命じられたようだった。

「飛び込んだところを見てた奴がいて、すぐ引き揚げて水を吐かせてくれてたんでさ。だから、たぶん、まだ息はあるんじゃねぇかって」

「じゃ、すぐ先生に」

と、佐保は襷《たすき》を取りながら、奥へと走った。

ほどなく、颯太に付き添われ、戸板に乗せられて夢之丞が医学館に到着した。

元胤は城中に呼ばれていたため、瑞峰が診ることになり、すぐに診察室へと運びこまれた。

「先生、お願いします。助けてやってください」

颯太は悲壮な顔をしている。

夢之丞は、水こそ吐いたようだが、意識が戻っていないのだ。

「とにかく、身体を温めるのじゃ。おい！　誰か火鉢をここへ」

佐保と颯太は、瑞峰の命令に従って、夢之丞の冷たくなった体を湯で洗い、丁寧に拭《ふ》き、火の側で温めはじめた。

少し遅れて、中村座の座元の勘三郎と夢之丞の弟分だという粂次郎《くめじろう》という役者がやってきた。

勘三郎は、瑞峰に容態を尋ねた。

「先生、どんな具合でしょう。夢之丞は助かりますか」

「うむ。まだ何とも言えぬがな。だいぶ、身体が弱っておるようだし」

と、瑞峰は唸《うな》った。

「本当に夢の野郎、身投げしたんですか？」

と、勘三郎は颯太に尋ねた。

颯太は「わからない」と首を振った。

すると、戸板を担いできた男の一人が、「ああ、身投げしたよ、俺が見てた」と答えた。

「それがよ、朝っぱらから酔っぱらってるんじゃねぇかって思うような、フラフラとよ。そしたら、誰かが、ありゃ、夢之丞じゃねぇかって。そしたら、くるりと身を翻《ひるがえ》して、あっという間だよ」

「独りだったんですか」

と、今度は颯太が訊《き》いた。

「ああ、独りだったよ。なぁ」

男は別の男にも同意を求めた。

みな一様に頷《うなず》いた。誰かに突き落とされたわけではないらしい。

それを聞いていた、座元の勘三郎が、「ああ」と肩を落とした。

「お前がついていながら、なんで」

と、勘三郎が粂次郎を責めた。

「あいすみません。けど、あにさんは、今朝は久しぶりに気分がいいんだとおっしゃって。ちょいと出てくると。すぐ戻るとおっしゃったんで」

独りで行かせてしまったと、粂次郎は申し訳なさそうに答えた。

「では、夢之丞は間違って落ちたのかもしれんということじゃな」

と、瑞峰が問うた。

「いえ、それがそうとも……」

と、勘三郎が難しい顔で、懐から一枚の紙を取り出した。

「書付か？」

「いえ、これは読売《よみうり》でございます。夢はこれを読んでしまって、我が身をはかなんだのでは、と」

「どれ貸してみろ」

瑞峰は受け取り、読みながら、「なるほど」と、何度か頷いた。

「ちょっと。あっしにも」

瑞峰が読み終えると、颯太が手を伸ばした。

佐保も横から覗《のぞ》かせてもらった。

読売には、『古今役者評判記』とあり、夢之丞演じるところの「本朝廿四孝」八重垣姫の絵が描かれ、その酷評が綴《つづ》ってあった。

「夢之丞の八重垣姫は確かに様子がいい。美しいのは看板どおりだ。だが、役としてはどうだろう。ニンに合っているとは言い難い。凄《すご》みがありすぎる。いや、姫としての品に欠けるのである。しかも、音曲と動きがまったく合っていない。自分だけが良ければという、夢之丞の性根が透けて見える。あれを観て喜ぶとは愚の骨頂。これに甘んじているようであれば、夢之丞の先はない……云々《うんぬん》」

「なんで、こんなひどいことを……」

佐保は思わず、声を上げた。

むさぼるように読み続ける颯太の横で、勘三郎が呟《つぶや》いた。

「役者殺すにゃ、刃物は要らぬと言いましてね。あいつの目には触れないように気を付けていたんですがね」

「誰がこんなことを」

と、颯太が唸った。

「これを出しているのは米沢町《よねざわちょう》の芳栄堂《ほうえいどう》でね。まったく、あれほどよろしく頼むと言っておいたのに」

勘三郎は悔しそうに舌打ちをした。

「米沢町か。文句の一つも言いたくなって出かけたか」

と、瑞峰が呟いた。

米沢町は両国橋のすぐ近くなのだ。

勘三郎の後ろで話を聞いていた粂次郎がそっと出ていこうとした。

「粂、どこへ行く気だい」

気づいた勘三郎が素早く、彼の袖《そで》を押さえた。

「せめて、ひと言……」

文句を言わないと気が済まないと、粂次郎は悔しそうにぎゅっと唇を噛《か》み、拳《こぶし》を握りしめている。

「恥の上塗りをするんじゃないよ！」

勘三郎に怒鳴られて、粂次郎は拳で自らの太腿《ふともも》を何度も叩《たた》いた。

「いや、許しちゃおけねぇ！」

と、颯太が立ち上がった。

颯太の手の中で、読売がぐしゃっと丸められている。

「おい待て！　妙なことをしてはならん！」

瑞峰が止めたが、颯太は飛び出していった。

清蔵も続いて出て行った。

「佐保、ここはいい。あいつを止めろ！」

瑞峰に言われるまでもなく、佐保もまた飛び出していた。

「てめぇか！　これを書いたのは！」

清蔵と佐保が追いついたときには、すでに颯太は芳栄堂の中にいて、三十がらみの男の胸倉を摑《つか》んでいた。

喧嘩《けんか》腰《ごし》の颯太を止めようとした周りの男たちを、清蔵が睨《にら》んで牽制《けんせい》した。

「ああ、そうだよ。これのどこがいけねぇ」

と、男は颯太を睨み返した。拳を振り上げられていても、怖《おじ》けるところが全くない。いい度胸をしている。

「てめぇ、何でこんなことを。夢さんがこれを見てどう思うか、考えたか！」

「あいにく、俺は提灯《ちょうちん》持ちじゃねぇんでね。どんなに金を積まれたって、嘘は書かねぇ。書いたことがねぇ」

「嘘は書かねぇだと」

「ああ、本心から酷《ひど》いと思ったから酷いと書いた。それが気に食わねぇって言うなら、殴ればいい」

「なんだと」

颯太は拳をさらに振り上げた。

「ああ、殴れ、殴りたかったら殴れ！気が済むまで殴ればいい！」

男も負けていない。

「よし、やってやる！」

「やめて、やめて颯ちゃん！」

佐保は颯太の腕にしがみついた。

「放せ、放してくれ」

颯太が腕を振り回しても、佐保は必死にしがみついた。

「若旦那《わかだんな》！」

清蔵がついに止めに入ったが、勢い余って、佐保は振り飛ばされた。

その隙に、男は颯太の腕から逃れた。

「てめぇ、逃げる気か！」

と、颯太が怒鳴った。

「逃げやしねぇ！」

男は怒鳴った。

「いいか、舐《な》めてもらっちゃ困る。殴られるのが怖くて、筆が握れるかってんだ！　文句があるなら、いつだって来い！」

男は颯太を睨み続けた。

「本心から、本当のことだって言うんだな」

「おお、そうよ。芳栄堂の新井《あらい》宗賢《そうけん》、読売に名を入れてるのは伊達《だて》じゃねぇんだ！」

どちらも一歩も引かず、颯太と宗賢の睨み合いが続いた。

やがて、颯太がふっと息を吐いて、手をおろした。

「……新井宗賢、それがお前さんの名か」

と、颯太が尋ねた。

「おお、そうだ。丸に宗の字は俺が書いたって証《あかし》だ。覚えとけ」

と、宗賢は読売を指さした。確かに文章の終わりに丸に宗と書かれてある。

「そういうお前さんは役者かい？　見たことねぇが」

「違う。颯太。夢さんのただの贔屓《ひいき》だ」

「そうかい。それじゃ、夢之丞に伝えてくれ。澤田夢之丞はこの程度で終わる役者じゃねぇだろって。これぐらいでへこむような、情けない役者かよってな」

宗賢の目がほんの少し優しくなったように、佐保には見えた。

颯太は小さく頷《うなず》いた。

「……伝える……必ず伝える」

そう言うと、颯太は踵《きびす》を返し、外へ出ていった。

「すみません。お騒がせしました！」

佐保はそう言って、宗賢や芳栄堂の面々に頭を下げてから、颯太の後を追ったのだった。

そのころ、医学館では、瑞峰と元胤、元堅が夢之丞の枕元に集まっていた。

夢之丞はまだ目を覚まさない。

よほど水を飲んだのか、それともほかに何か原因があるのではないかと、瑞峰は考え、元胤にも診るように頼んだのであった。

元胤は丹念に腹診を繰り返していたが、

「なるほど、肝と腎《じん》の臓腑《ぞうふ》がかなり腫《は》れておりますな」

と手を置いた。

「ああ、それにほれ」

と、瑞峰は夢之丞の右足先に目を向けた。

足の指がぴくぴくと細かな痙攣《けいれん》を起こしているのがわかった。

「手の方もさきほどから」

と、元胤が応じた。確かに、夢之丞の右腕から指先にかけても痙攣が続いている。

元胤は夢之丞の口の中を開けた。

口内炎が酷い。

「これは……」

「うむ」

と、瑞峰と元胤は頷きあった。

さらに元胤は、夢之丞の手のひらから足の裏、陰部に至るまで、全身をくまなく診ていたが、「ないな」と、首を捻《ひね》った。

「何がないんです？」

と、元堅が尋ねた。

「発疹《はっしん》、それにしこり、膿疱《のうほう》……」

「もしかして、梅毒を疑っていらっしゃるので」

元堅はぎょっとした声を上げた。

「うむ。そうかと思ったが違うようじゃな」

「しかし、水銀《みずかね》で治療を行ったときと同じような症状です」

と、元胤が応じた。

「水銀か、なるほどのぉ……あれは治るという者と、いや、却《かえ》って酷くなるという者と二通りおるな」

「はい」

当時、梅毒の治療として、水銀を用いた治療が頻繁に行われていた。

水銀は現代でこそ、中毒を起こす猛毒として認知されているが、当時は薬として使われることが多かったのである。

「それで、少し気になっていたことが」

と、元胤が前置きをしてから、瑞峰にこう尋ねた。

「たしか、夢之丞は気鬱《きうつ》の病を持っていたと伺いましたが」

「ああ、颯太が言うには、夜も眠れず、倒れることもあると」

「実は、大奥でも、御中臈《おちゅうろう》でお一人、同じような症状のお方がいらっしゃいまして……やはりこのように手足に震えが出ています。血も足りておられぬようで」

「臓腑の腫れもあるのか？」

「ええ。で、気になっているのは、そのお方は、御所白粉《ごしょおしろい》を愛用していらっしゃるのです」

「御所白粉とな？」

「はい。伊勢《いせ》の辺りで採れた良質の水銀をふんだんに入れた高級品だとか。近頃は滅多に手に入りませんが、大奥のお女中の間では欲しがる者が多く、たいそう美しく見えると評判なのです。特にその御中臈は、『おしろさま』などと揶揄《やゆ》されるほど塗っておられて……」

「水銀が何か悪さをしているということか」

「わかりませぬが、気にはなっております」

「うむ」

と、瑞峰は少し思い出すような顔になった。

「確か、飛び込んだところを見た男は、夢之丞は酔っぱらっているようにふらふらして見えたといっておった」

「ということは、もしかして、痙攣が起きていて、誤って落ちたということでしょうか」

と、元堅が問うた。

「うむ。ありうるだろうな」

と、元胤が頷いた。

「御中臈もふらついてよく転ぶと訴えておられたし」

「のう、元堅、お前、夢之丞の楽屋に行って、どのような白粉を使っているか見てくるのじゃ」

「あ、はい……」

瑞峰に命じられた元堅は、さっそく夢之丞の楽屋に向かった。

そして、鏡台の前に、『伊勢名産・御所白粉』と書かれた使い残しの白粉袋が置かれているのを確認したのであった。

「白粉が体に毒なのでございますか？」

元堅からこの話を聞いた佐保は驚いた。

「いや、はっきりと決まったわけではない。兄上がおっしゃるには疑わしいということだ。役者に早死にする者が多いのもそのせいかもしれんと」

「私、そんなこと、何も気づかなくて……」

「そりゃ気づかなくても当然だ。兄上のお言葉ではあるが、私だってまだ半信半疑だし」

と、元堅は佐保を慰めた。

江戸時代、化粧に使う白粉には美しく見せるために鉛や水銀が含まれていた。水銀は高価で、かつ年々採掘量が減り入手困難になってくると、安価な鉛が好まれ、庶民にもかなり普及していた。だが、みなその毒性については無知であった。これは日本に限らず世界中がそうだった。

鉛毒が問題になり、製造禁止になるのは昭和に入ってからのことだし、水銀も古代から薬だと信じられていたのである。

水銀の中毒症状としては、急性期にはよだれ、おう吐、腹痛、下痢、頭痛、悪寒、しびれ、めまい、視覚や聴覚の異常などが挙げられる。

肝臓腎臓《じんぞう》、さらには脳にも影響が強く、慢性化すると、運動失調、歩行異常、末《まっ》梢神経《しょうしんけい》障害などを引き起こすようになる。

当時詳しいことはまだ何も解明できないでいたわけだが、夢之丞は水銀の含有量の高い白粉を常用していたことから、この毒にあたって、橋の上で痙攣発作を起こし、足を踏み外したのではないか――というのが、元胤らの出した診たて、推測であった。

「では、元胤先生は自分で身を投げたわけではないと？」

「うん。そうおっしゃるが、本当のところは、夢之丞に訊《き》いてみないことにはなぁ」

と言ってから、元堅はふーっと息を吐いた。

夢之丞の意識はまだ戻らないのだ。もしかしたら、このまま目を覚まさないかもしれない――。元堅も佐保もそんな不安を抱えていた。

そしてそれは颯太も同じであった。

颯太は毎日のように、夢之丞を見舞いに来ていた。

「……頼む、目を覚ましてくれ。夢さんに伝えなきゃなんねぇことがあるんだよ」

佐保が湯を入れた盥《たらい》と着替えを持って病室へ入ると、颯太はそう言いながら、夢之丞の手を握りしめていた。

「颯ちゃん、手伝って」

佐保はわざと明るく振る舞いながら、颯太と一緒に夢之丞の体を湯で丁寧に拭《ふ》き、着替えをさせた。

温かい湯で拭いて、さっぱりしたせいか、夢之丞が少し喜んでいるように佐保には思えた。

「あのね、元胤先生のお診たてだとね」

佐保が、元堅から聞いた話をしようとした、その時であった。

「夢さん！」

颯太が突然、大きな声を出した。

「今、今まぶたが動いた」

颯太が言う通り、夢之丞のまぶたが小さく動き、薄っすらと開きかけた。

「夢さん！　起きろ！　おい」

「夢之丞さん、起きて！」

颯太と佐保の声に応じるように、夢之丞の口も何か言おうと動いている。

「おい！　わかるか、俺だよ、颯太だ」

夢之丞の目がゆっくりと開いた。

「……ああ、颯さん」

「わかるか、わかるんだな、俺が」

夢之丞はゆっくりと頷《うなず》き、佐保にも目を移した。

「おや、佐保さんも……こうしちゃいられない」

そう言いながら、夢之丞は身を起こそうとした。慌てて、颯太が遮る。

「まだ、寝てなきゃ無理だって」

「でも、舞台が……舞台がありますから」

そう言ってから、ようやく夢之丞は見知らぬ場所で寝ていることに気づいたようであった。

「ここはいったい……」

「医学館です。夢之丞さんは大川に飛び込んだところを助けられたんですよ」

と、佐保が教えた。

「私が、飛び込んだ？」

「ああ、身投げじゃねぇかって、見た奴が言ってさ」

と、颯太が言うと、夢之丞はいやいやと首を振ってから笑ってみせた。

「なんで私が身投げなんて……嫌ですよ、縁起でもない」

「本当かい？　無理してねぇかい」

「してやしません」

「本当に本当か」

「本当ですよ」

夢之丞はまるで駄々をこねている弟をなだめるように微笑んだ。

「私には舞台があるんですから」

「だよな、うん、そうだ。よかった。よかった」

言いながら、颯太は男泣きに泣き始めた。

「ちょっと、颯さん、なんですよ、なんで泣いてるんです……」

「泣いてなんかねぇよ」

と、颯太は強がりながらも泣いている。

夢之丞はそんな颯太を見て笑っている。

そんな二人を眺めながら、佐保は、

「美味《おい》しい御《お》粥《かゆ》を作らなきゃ」

と独りごちていた。

第四話　鬼の霍乱《かくらん》

一

夏至が過ぎ、目に見えて陽の光が強くなった。今年は梅雨の間、なかなか雨が降らなかった。なのに、風は湿気を含み、じっとしていても汗ばんでくるのだ。

多紀家の外廊下で雑巾《ぞうきん》掛けをしていた佐保は、手を休め、空を見上げながら汗を拭《ぬぐ》った。空には入道雲が湧いている。

「ひやっこい〜ひやっこい〜」

どこかで、冷水《ひやみず》売りの声がしている。

冷水売りは夏場における江戸の名物で、水桶《みずおけ》を天秤《てんびん》に担ぎ、町の辻々《つじつじ》に立ち寄っては売り歩く。前の荷には、涼し気に波しぶきの絵模様の額をかけ、風鈴を下げ飾り立てている者もいた。

看板ほどに冷たいわけではないが、水にくず粉と砂糖を混ぜて飲ませてくれる。

佐保は急に喉《のど》の渇きを覚えた。

甘くてとろりとした水は癖になるほど美味しいのだ。

大川に落ちた澤田夢之丞が気を取り戻してから、ふた月が過ぎ、季節は夏の盛りを迎えていた。

夢之丞は十日ほど前、無事床上げをし、医学館を出ることになった。

この後は養生をしつつ、少しでも早い舞台復帰を目指すという。

だが、それに異を唱えたのは、迎えに来ていた座元の勘三郎であった。

「この夏はいっさい舞台には出さない」というのである。

「それじゃ、座元。もう私は中村座には出られないってことですか」

夢之丞は唇を嚙《か》んだ。千穐楽《せんしゅうらく》目前に舞台に穴をあけてしまった自分を、この座元が何事もなく許すとは思ってはいなかった。もしかしたら、座元が手を廻《まわ》し、江戸中の小屋から締め出されてしまうのかも……という恐れすら感じていたのである。

だが、その疑念をぶつけると、勘三郎は珍しく激昂《げきこう》した。

「何を言ってる！　だったら、なんで私はここにいるんだよ。ああ、情けないねぇ、お前さん、私をそんなに信じられないのかい」

「でも……」

「そりゃな、すぐにでも舞台に立ちたいという思いはよくわかるし、私としても正直、興行のことを考えりゃ、腹も立つ。けどね、よくお聞き」

親代わりの座元として、これだけは譲れないのだと、勘三郎はそう前置きしてから、夢之丞に言い聞かせた。

「一回りも二回りも大きくなって戻ってこなきゃ、お客さまは納得してくれまい。だから今は駄目だと言ってるんだ」

「座元、それじゃ私は置いていただけるので」

「置くも何も。誰が辞めろと言ったんだよ、本当に怒るよ」

と、勘三郎は夢之丞の手を取った。

「いいかい、とにかく今まで以上に養生して、精進を重ねておくれ。ここはお互い辛抱どきなんだから」

「ほんにそうですよ」

と、そのとき横から口を添えたのは、稀代であった。

稀代は、歌舞伎好きとして、ひとこと言わずにはいられなかったようだ。

「もっともっと、あなたの芸を観ていたいから、私たちも辛抱して待っていますよ」

「ありがとう存じます」

夢之丞はきゅっと唇を噛み、頷いてみせた。決意を新たにしたようだった。

「必ず、必ず、よいものをお観せできるようにいたします」

「あぁ、そうしておくれ」

と、勘三郎も頷き、夢之丞ともども深々と頭を下げた。

「夢之丞復活の折には必ずみなさまのお席をご用意いたします。どうぞ観に来てやってください」

勘三郎は最後にそう挨拶《あいさつ》をして、稀代はじめ女たちを喜ばせたのであった。


「暑くなったもんだねぇ」

庭の奥から女中頭の芳がやってきた。山積みの洗濯物を手にしている。

「ほら、ごらん、もう乾いてたよ」

「すみません」

佐保は代わりに洗濯物を取り入れてくれた芳に礼を言った。

「いいんだよ、こんなものは。それより、今日の夕飯は何がいいかねぇ。味噌汁《みそしる》も熱くてかなわないし」

最近は、多紀家の献立も佐保が決めることの方が多くなっていた。

「そうですね、汁物は、きゅうりの冷や汁でどうでしょう。さっぱりと食べられますよ」

冷や汁とは、冷たい味噌汁のようなもので、塩もみして薄切りしたきゅうりや白ごま、刻んだ大葉、ミョウガなど香味野菜をたっぷり入れたものである。熱を冷まし、蒸し暑い今の季節にはいいものだ。

「う～ん、きゅうりねぇ」

芳は今一つ、乗り気でない様子だ。

「あれは河童《かっぱ》の食べるものって、うちの田舎じゃいうんだよ」

芳が大真面目な顔なので、佐保は思わず笑ってしまった。

「河童ですか？」

「笑いごとじゃないって。いいかい。うちの田舎じゃ河童大明神ていうぐらいでさ。ちゃんときゅうりをお供えしておかないと、子どもらが、川遊びしてるときに尻子《しりこ》玉《だま》を盗《と》られて溺《おぼ》れるっていわれるんだから」

「尻子玉？　それってお尻にあるんですか」

「あれ、知らないのかい？　そりゃ尻にあるんだろうよ、尻子玉っていうぐらいだから……とにかく、盗られたら腑《ふ》抜《ぬ》けになって力が入らなくなるっていう、大事なものなんだよ」

「へぇ～」

芳から田舎の話を聞くのはこれが初めてであった。

しっかり者の芳が河童を信じていることが、佐保には面白かった。

「それに冷や汁は、きっと大奥さまがお嫌いになるよ。ほら、養生歌にも、夏でも冷たいものを食べてはならんとかいうのがあったろう」

「ああ」

と、佐保は頷《うなず》いた。

「『夏もただ温かなるを食すべし　冷物《ひえもの》を飲み食えば霍乱《かくらん》』ですか？」

「そう、それ」

佐保が唱えたのは、多紀家の家訓ともいえる、「養生歌」の中の一首だ。

元胤や元堅の祖父にあたる多紀家六代目の元徳が作った狂歌集で八十一首もある。

霍乱は、よく「鬼の霍乱（＝非常に健康な人が病気になること）」として使われるが、元々は日射病や暑気あたり（暑さのために体調を崩すこと。時に激しい嘔吐《おうと》や下痢、頭痛を引き起こす）のことを指す言葉であった。

「大奥さまが霍乱なんてことになった日にゃ、それこそ、あんた」

と、謎をかけるように芳が佐保を見た。

「鬼の霍乱」

「あ～、言ったねぇ。私しゃ、何も言ってないからね」

「お芳さん、ずるい～」

そんなことを言いながら、佐保と芳はひとしきり笑い合った。

「それにしても、大奥さまのお元気なことと言ったら、さっきも梅仕事をなさるんだとおっしゃって、一つ一つ丁寧に梅を洗って、大騒ぎだよ」

「それ、私、さっきお手伝いしようとしたんですけど、要らぬとお断りになられて」

稀代は梅仕事だけは誰にも任せようとしない。

この前は梅干し用に青梅を仕込んでいたのだが、今日はかなり熟した梅が手に入ったので、焼酎《しょうちゅう》で梅酒にするらしい。

「そうなんだよ。でも、梅酒はお志津さまと二人で作るってさ。だから私も台所を追い出されちゃって」

　それで、洗濯物を取り入れてくれたということのようだった。

「お二人は、本当は仲がおよろしいのでしょうか？」

　と、佐保が尋ねた。稀代は志津に子ができないことを不満に思い、よくこぼすからだ。

「さぁねぇ、よくわからないけどね……でも、最初は大奥さまの方がお志津さまを気に入って嫁にっておっしゃったはずだから、悪いわけではないと思うけど」

　と、芳は答えてから、

「でも、嫁と姑《しゅうとめ》だからね、きっと、上手《うま》く行く方が珍しいんだよ。親子といってもなさぬ仲だもの」

　と、ぽつんと呟《つぶや》いた。

　佐保は、芳から実家が貧しくてもう少しで廓《くるわ》に売られるところを多紀家に拾われたのだと聞かされたことを思い出した。芳の実の母は既に亡くなっていて、父は新しい母を貰《もら》い、その継母が産んだ弟妹のために仕送りを続けているとも聞いていた。

　これまで浮いた話もなく、働き続けている芳を、なさぬ仲の継母はどう思っているのだろうか。

「あ、そういやぁ、今日は特別のご講義があるんだろ」

気分を変えるように、芳が尋ねた。

「はい、そうなんです」

佐保は嬉《うれ》しそうに答えた。

今日は、前々から楽しみにしていた水戸藩の本草学者、佐島平三郎による特別講義が開かれることになっている。

「それにしても、よく勉学が続くもんだよ」

「勉学だと思ってないから続くんだと思います」

と、佐保は答えた。

「勉学じゃなきゃ、何なんだい？」

「まぁ言ってみれば……元堅さまの豆大福みたいなもんですかね」

「元堅さまの豆大福？」

と、芳が首を捻《ひね》りながら、考える顔になった。

きっと、芳の脳裏には、いつものように塩豆大福を頬張っている元堅の姿が浮かんでいるのだろう。噂をされていると知ったら、大きなくしゃみをするだろう。いやいや、喉《のど》に詰まらせて目を白黒させるかもしれない。

そんなことを想像しながら、

「大好物ってことですよ」

と、佐保が答えた、その時であった。

奥の台所の方から、志津が大声で「お芳さん！　誰か！」と呼んでいる声がした。

「何だろ」

芳の顔に緊張が走った。

普段、志津が大声を出すことなどない。しかもあんな慌てた声で……。

佐保と芳は取るものもとりあえず、台所へと向かった。

「大奥さま！」

佐保と芳が台所に飛び込んで目にしたのは、板場に転がった笊《ざる》と散乱した梅、倒れた稀代を必死に起こそうとしている志津の姿であった。

「母上さま、しっかり、しっかりなさって下さいまし」

志津が必死に呼びかけている。芳は慌てて駆け寄ろうとして、梅を踏み、「ぎゃっ」と一声叫んで盛大な尻餅《しりもち》をついた。

「し、静かに、なさい……」

途切れ途切れではあるが、稀代が声を発した。いつものような元気はない。弱々しい声だ。それに目も閉じたままだ。だが、意識はあるようで、佐保はほっとした。

「……急にお倒れになって」

佐保にそう訴えかける志津は青ざめている。

稀代はというと、顔がほてったように赤く、汗をかき、瞼《まぶた》がぴくぴくと痙攣《けいれん》している。

佐保は稀代の脈を取った。ドク、ドク、ドク……脈が速い。頻脈《ひんみやく》を起こしているようだ。

「大奥さま、大丈夫かい、ねぇ」

と、芳が心配そうに尋ねた。腰を痛そうにさすっている。

「お芳さん、すみませんが、お床の用意を。それと医学館へ、どなたか先生をお呼びに、大奥さまが霍乱を起こされたと」

「えっ！　霍乱、わ、わかった」

芳はすぐさま、出て行った。

稀代の唇が乾燥しきっているのを見て、佐保はすぐに水を汲《く》み、稀代の口に含ませようとした。が、上手く飲んでくれない。

「失礼します！」

佐保はそう断ってから、口移しで稀代に水を飲ませた。

稀代がうっすら目を開ける。

「お手伝いください。帯を緩めます！　早く！」

佐保はそう叫ぶと、志津とともに、稀代の着物を脱がせはじめた。

稀代が倒れて、多紀家の女たちが大騒ぎをしていたちょうどその頃、元堅は佐島平三郎と共に水戸藩中屋敷（現在の文京《ぶんきょう》区弥生《やよい》、東京大学農学部付近）を出たところであった。医学館のある浅草向柳原（現在の台東《たいとう》区浅草橋《あさくさばし》）までは、直線でおよそ二十三町（約二・五キロメートル）ほどの場所だ。

「かたじけない。わざわざお迎えいただかなくとも参りましたものを」

佐島は恐縮しきった様子で礼を述べた。

「いえ、そのような。今日は本当にお世話をかけます。しかし、本当に駕籠《かご》は帰して良かったのでございますか？」

元堅は兄の元胤から、駕籠を使うように命じられていたのだが、佐島からは一緒に歩いていきたいと固辞されてしまったのであった。

「どうも、駕籠の中というのは窮屈で仕方ない。私は歩く方が性に合っているのですよ。若い頃から諸国を回っておりましたからね」

と、佐島は屈託なく笑う。脚には自信があるというのだろう。

「ならよいのですが、しかし、今日は特に暑うございますな」

と、元堅は懐から手拭《てぬぐい》を取り出し、汗を拭《ぬぐ》った。手拭はもうボトボトに濡《ぬ》れている。本当は駕籠を使いたいのは、元堅の方だったかもしれない。

「暑い日には思い切り汗をかき、水を浴びる。それが自然の理《ことわり》というものです」

「は、はぁ、そうでございますな」

同意はしたものの、少しでも涼を取りたい元堅は、上野不忍池沿いに道を取り、広小路まで出たときであった。

「何！　もう一度言ってみろ！」

「おお、何度でも言ってやらぁ、水は毒なんだよ！」

「こいつ！」

往来で大喧嘩《おおげんか》が始まっていた。

喧嘩をしているのは、冷水売りと西瓜《すいか》売りであった。

冷水売りの方は担いでいた天秤棒《てんびんぼう》を外して構え、西瓜売りの方は、西瓜を切るための包丁を構えて、一触即発、どちらも引かずで睨《にら》み合っている。

その周りをぐるりと人達が遠巻きにした。

「何が起きたのやら」

と、佐島が先を窺《うかが》うようにみている。

「どうしたんだ、いったい」

と、元堅は成り行きを見守っている男の一人に尋ねた。

「西瓜売りが、声を張り上げているところへ、間が悪く冷水売りが通りかかったんで」

「声？」

「例の売り声でございますよ。水は毒って、あれですよ」

当時、西瓜や真桑瓜《まくわうり》は切った状態で盤台に並べ、「水菓子」として売られていた。

そのときの売り声が、「水菓子〜、西瓜、真桑はいかが。水は毒でござりますよ、買うならこちら、西瓜、真桑、水菓子はいかが」というものだったのである。

「水は毒か、そりゃ、冷水売りは怒るだろうなぁ」

と、元堅は頷《うなず》いた。

「そう思うんなら、止めてやってくださいよ。あっちは刃物持ってるんですぜ。危なっかしくて仕方ねぇ」

　別の男が元堅を前に押し出した。

「おい、いや、ちょっと待て」

「そうおっしゃらず。どちらも怪我をさせんように頼みます」

「おい！　そのような難しいことができるか」

元堅は逃げようと試みたが、

「元堅どの、ここは、止めてやったがよい」

佐島までが、行けとばかりに元堅の背を押した。

「えっ……あ、いや、その」

押されるままに、元堅は睨み合っている二人の間に飛び出す格好になってしまったのであった。

「な、なんですよぉ」

西瓜売りが、元堅に向かって戸惑ったような声を上げた。どうやら、刃物を振り上げてはみたものの、腰が引けていて、身動きが取れなくなっているようだ。

　少し安心して、元堅は大きく両手を広げて、間に立った。

「まぁまぁ、待て、喧嘩はよそう、な」

「馬鹿にされて、江戸っ子が黙ってられっか！　この嘘つき野郎！」

と、天秤棒を構えたまま、冷水売りが西瓜売りめがけて、怒鳴った。

「嘘つきだと！」

と、西瓜売りが怒鳴り返した。

元堅は冷水売りを鎮めるように、

「ま、待て、そ、そりゃ、馬鹿にされたら黙っておられぬのはわかる。だがな、水が毒というのもあながち間違っておらん。嘘つきはないぞ」

「はぁん、俺っちの水が悪いってんで」

冷水売りが元堅を睨んだ。

「いやいや、お前の水がとは言っておらん。人の身体に水は必要なものだ。だがな、『渇くとも湯水は多く飲むな　ただ口に含みて数度うがいせよ』というのがあってな。あまり水を飲み過ぎると、腹を下すから気をつけろという意味で」

「はぁ？」

「そう、それにだな、こうも言うぞ」

と、元堅は、今度は西瓜売りへと向き直った。

「『さなきだに夏は食い物こなれ難し　冷えたるものを食い過ごしすな』とな」

「さなぎ？」

と、西瓜売りが訊《き》き返した。

「いや、違う。『さなきだに』だ。ようするに、『ただでさえ』という意味だ。西瓜はうまくても食べ過ぎはいかん」

「おい、お武家、何を御託並べてんだぁ！」

と、外野から野次が入り、あちこちから笑い声が起きた。

「何を笑う！　これは我が家の大事な養生歌というてだな」

だが、元堅が慌てれば慌てるほどに、野次馬の笑い声は大きくなる。

「で、お武家さま、お武家さまはいったいどっちの味方なんです」

呆《あき》れ顔で、西瓜売りが問うた。包丁はもう盤台に置いている。

「味方とかそういうのではなくて、つまりそのぉ、水は大事だ。それに西瓜も旨《うま》い」

「はぁ？」

西瓜売りに続いて、冷水売りも呆れ顔を浮かべた。

「何が言いたいんだか。俺っちは収まりがつかねぇし」

と言いつつ、冷水売りは振り上げていた天秤棒を下して、自分の肩をトントンと叩《たた》いた。

「わかった。なら、私が両方とも買う。なぁ、それでもう勘弁してくれ、頼む」

元堅が二人に向けて交互に頼むと、冷水売りも西瓜売りも「まいったなぁ」というように苦笑を浮かべた。もう喧嘩をする気は失《う》せたようだ。

「よし、私も買おう」

と、それまで黙ってその場を見守っていた佐島が懐から紙入れを取り出した。

「冷水を二つ。それと、そっちは丸ままいただくから、よく熟れたのを選んでくれ」

「へい」

「すぐに！」

冷水売りと西瓜売りが同時に返事をし、それを潮に、喧嘩は収まったのであった。

二

「お芳さんが、大奥さまが霍乱《かくらん》などと言って駆け込んでくるものだから、儂《わし》はまた上手《うま》い冗談を言いよってと思ってだな」

佐保が稀代のために用意した膳《ぜん》を持って部屋に入ると、瑞峰がカッカッと、愉快そうに笑って、稀代をからかっていた。

佐保の応急処置が良かったからか、稀代は、かなり落ち着きを取り戻した様子だ。

そのせいか、今日はもうゆっくりと寝ていてくださいと言っても、すぐ起き上がろうとする。今もそうだ。

「上手い？　何が上手い冗談なのです」

と、稀代は布団から上半身を起こしたまま、瑞峰を睨んだ。

「いやぁ、だってなぁ。言うではないか。なぁ、佐保さん」

と、瑞峰が佐保に目をやった。

瑞峰が「鬼の霍乱」と言わせたいのはよくわかったが、佐保は知らぬ顔で「さぁ」と、とぼけてみせた。

瑞峰はつまらなそうな顔をしたが、すぐに、

「とにかく。とにかくじゃ、倒れては洒落《しゃれ》にならん。年寄りは若いもんの言うことを聞くもんじゃよ」

と、稀代を寝かそうとした。

「瑞峰どのに言われても、真実味がございませぬ」

と、稀代はあっさり切り返した。だが、それが瑞峰には楽しいらしい。

「おお、それでこそ稀代どのじゃて」

と、瑞峰は愉快そうに笑った。

瑞峰は佐保が運んできた膳に目をやった。

「ほうぅ、緑豆入りの粟粥《あわがゆ》か。『清熱解暑』というわけか？」

「はい」

と、佐保は頷いた。

「清熱解暑」とは、熱をさまし、暑さを取り除くという意味である。

緑豆にも粟にも身体の熱を取る効能があり、熱がこもって眩暈《めまい》を起こした稀代にはもってこいの食べ物といってよかった。粥にしてあるから、胃腸にも優しい。

膳には、粥のほかに塩昆布が添えられてあった。

「かなり汗をかかれておられましたし、塩昆布もよいかと思いまして」

「そうじゃな」

と、瑞峰は頷《うなず》いた。

汗とともに失われた塩分などを補うためには昆布などの海藻類を積極的に摂《と》ることも大切であった。

だが、稀代は食欲がない様子で、「後でいただくから」とにべもない。

「そうおっしゃるかと思って、これも」

と、佐保は白磁の湯飲みを差し出した。

そこには目に鮮やかな赤い飲みものが入っている。

「これは？　まるで南蛮の赤ブドウ酒のようじゃが」

と、瑞峰が尋ねた。

「残念ながら、お酒ではございません」

と、佐保は答えた。

「赤紫蘇《しそ》を煮出したものです。お酢を入れたので、このように鮮やかな色が出ました」

「赤紫蘇を」

と、稀代が呟《つぶや》いた。

「はい。台所に梅干し用の赤紫蘇が残っておりましたので、使わせていただきました。井戸の水で冷やしてから、少し蜜《みつ》を加えて、飲みやすくいたしました」

「しかし……」

と、稀代は手を出しかねている。

「大奥さまが、夏場でも冷たいものをお召しにならないのは存じているのですが」

「なんじゃ、さては、この暑いのに水も飲まずにいたのか」

と、瑞峰が驚いたような声を出した。

「ええ」と、稀代は頷いた。

「『夏もただ温かなるを食すべし　冷物を飲み食えば霍乱』と、そう覚えましたゆえ」

稀代の言葉を聞いて、瑞峰はやれやれと頭を掻《か》いた。

「それを馬鹿の一つ覚えというのじゃ、それで鬼が霍乱しては元も子も……あ、いやいや、少しは飲まねば、熱がこもるは当たり前じゃ」

「もうぉ」と、稀代は軽く睨《にら》んでみせたが、

「飲んでもよろしいのでしょうか」

「ああ、良いから、飲め、ほれ」

瑞峰は佐保から茶碗《ちゃわん》を受け取り、稀代に飲ませた。

稀代は最初ゆっくりと一口含んだが、続いて、あっという間にごくごくと美味《おい》しそうに飲み始めた。

「みてみぃ、よほど喉《のど》が渇いていたとみえる」

と、瑞峰が笑った。

「あ～、なんと清々《すがすが》しい味だこと。ありがとう」

飲み終えた稀代は、嬉《うれ》しそうに佐保に頷いてみせた。

「……良かった」

佐保はほっとした。稀代にどうしてもこの美しい赤い飲み物を飲んで欲しかったのであった。

「では、儂も同じものを所望しようかな」

と、瑞峰が飲みたがった。

「はい、すぐにお持ちします」

と、佐保が席を立とうとしたときだった。

「母上、母上はご無事か！」

ドタドタと廊下を走ってくる足音がした。

あの声は元堅である。

「もう、騒がしい奴じゃなぁ。そうじゃ、稀代どの、寝て、寝て」

と、瑞峰が稀代を寝かしつけた。

静かにというように、佐保と稀代に目配せをする。

重病人に見せかけるつもりなのだ。

稀代は、苦笑しつつ、神妙に目を閉じた。

「母上！」

と、元堅は叫びながら部屋に飛び込んできた。元堅の手には縄で縛った大きなまん丸の西瓜《すいか》があった。

元堅の後ろには芳の姿もあった。

芳に教えられて、元堅は稀代のもとへ飛んできたとみえた。

「元堅、一歩遅かったわ」

と、瑞峰が悲し気に、芝居じみた声を出した。

「ひぃ！」

それを聞いて先に悲鳴を上げたのは芳だった。

「大奥さま！」

と、芳はその場にへたり込んだ。

元堅は呆然《ぼうぜん》と立ち尽くしていたが、その手から西瓜が落ちそうになった。

「しっかりせぇ！」

瑞峰がどやしつけたが、元堅もまた、芳と同じくその場にペタンと座りこむと、おいおいと子どものように泣き始めたのだった。

瑞峰はもらい泣きをするふりをしつつ、肩を震わせて笑っている。

芳が泣きそうな顔で佐保を見た。佐保は「違う、嘘、嘘」と口だけ動かし、目配せをしてみせた。

勘の良い芳はすぐに気づいたようで、泣いている元堅を見て、おかしそうにくすくすと笑い始めた。

みんな人が悪いと思いつつ、佐保も笑いたくなるのを堪《こら》えながら、ふと稀代へと目をやった。

「そんな……母上が死ぬだなんて、そんな」

元堅の泣き声を聞きながら、稀代の口元はなんとも幸せそうに微笑んでいた。

それだけではない。次の瞬間、佐保は思わず、「えっ」と声を上げそうになった。

なんと稀代の瞑《つぶ》った目からつーっと一筋、涙がこぼれたからである。

普段、決して見せたことのない稀代の表情に佐保が驚いていると、稀代が目を開けた。

稀代は佐保に見られたと知ると、すっと表情を変え、いつもの厳しい顔に戻った。

そして、元堅に向かって、

「泣くでない。しっかりなさい」

と言い放った。

「え！」

顔を上げた元堅は呆《ほう》けた顔になった。一瞬空耳が聞こえたとでも思ったようだ。

だが、起き上がった稀代と、笑っている瑞峰を見て、目を剝《む》き怒鳴った。

「ああ〜〜！　な、何てことを！」

「お〜、うまくいった。すまん、すまん、許せ」

瑞峰はおどけた口調で頭を下げて謝ったが、元堅の怒りは収まらない。

「うまくいったではありません！　許せません！」

「よいではないか。これでお前が母上思いの孝行者とわかったわけじゃ」

「確かに、そうでございますね」

と、芳もおかしそうに笑っている。

「お芳、お前もお前だ。これはあまりにも……ああ、ひどい、もう私はいい笑い者ではないですか！」

そういう元堅の顔は、汗と涙とでぐちゃぐちゃで、そこへもってきてむくれて、ひどいものだ。

「佐保、何を笑ってる。ああ、もうぉ、お前も一緒に仕組んだのか、こんなことで嘘をつくだなんて、ひどい奴だな」

元堅は佐保にも文句を言ったが、佐保は別に元堅がおかしくて笑っているわけではなかった。笑顔になったのは、これまでで一番、元堅が好ましい顔をしていると思えたからであった。

だが、元堅はみんなして自分をだましたと拗《す》ねている。

「さっきのはやり過ぎですけど、お倒れになったのは本当ですよ」

可哀そうになった佐保はそう教えた。

「本当か？」

「ええ」

と、佐保は頷《うなず》いてみせ、瑞峰も芳も頷いた。

「ああ、本当じゃ。暑気あたりだろうが、少しはゆっくりせいと言っていたところじゃよ」

元堅は少し心配げに稀代を見やったが、稀代は「もう大丈夫」というように微笑を返した。

「さようですか」

元堅は少し安心した顔になったが、

「では、まさに鬼の霍乱《かくらん》ではありませんか」

と、すぐにいつものように憎まれ口を叩《たた》いた。

「この子はもうぉ」

口では怒っているようだが、稀代のまなざしは優しい。

「それ、お土産ですか」

と、佐保は元堅の脇にある西瓜を見た。

「ああ、まぁ……」

「おお、どれどれ」

と、瑞峰が西瓜を手にして叩いた。ボンボンと澄んだ良い音がした。

「うむ。よく熟れているようだな」

「一番良いのを選びましたゆえ」

と、元堅が胸を張った。

「西瓜を持って帰るとは、お前にしては、気が利いておるではないか」

「一言余計です」

「そうか？　そうかもしれんが、よく今の稀代どのにはぴったりなものを持って帰ってきたものじゃ。なんせ西瓜は」

「西瓜は天然の白虎湯《びゃっことう》と言うてじゃなぁ、とおっしゃりたいのでしょう？」

元堅が瑞峰の口真似で続けた。

白虎湯は中国・漢《かん》代の医学書『傷寒論』にも載っている漢方薬である。

熱を冷ます石膏《せっこう》と知母《ちも》（ハナスゲの根茎）、気を補う粳米《こうべい》（玄米）、甘草《かんぞう》を煎《せん》じたもので、喉《のど》の渇きやほてりを鎮める。主成分の石膏の色から、白虎湯と名付けられていた。

西瓜はそのほとんどが水分で甘みもあり、白虎湯同様に、喉の渇きや補気の効能が高いのであった。

「知っておったか」

「馬鹿にしないでください。それぐらいは存じておりますよ」

と答えてから、元堅は、「あ！」と声を上げて立ち上がった。

「どうした？」

「佐島さまのご講義が始まる時刻です」

「おお、そうであったな。いかん、いかん。儂《わし》も顔を出す約束をしとったんじゃ」

と、瑞峰もどっこいしょと腰を上げた。

「佐島どのはもう医学館か？」

「はい。先にお連れして、兄上とお話を。もうぉ、本当に妙ないたずらをなさるから、まったく」

元堅は、佐島を連れて帰ってきたところで、芳から稀代が倒れたと聞かされ、とにかく、飛んできたのだと言った。

「いいから、早《はよ》う、行きなされ。大事なお客様なのでしょう」

と、稀代が急《せ》かした。

「はい」

と、元堅は瑞峰と行きかけて、佐保に目を向けた。

「行かないのか？」

佐保は小さく首を振った。

楽しみにしていた講義ではあったが、今はそれよりも稀代の傍で、もう少し看病をしたかった。

「では母上を頼むな」

「はい。お任せください。西瓜は井戸で冷やしておきますから」

明るくそう答えると、佐保は元堅たちを送り出したのだった。

三

吉原の大門《おおもん》をくぐった途端、目の前には大きな七夕飾りが出現した。

笹竹につけた色とりどりの吹き流しが揺れ、行燈《あんどん》に照らされているさまは、まるで夢の中の景色のようだ。

「わぁ、これは凄《すご》い！」

元堅ははしゃいだ声を上げ、後ろに続く元胤、瑞峰、そして佐島と荒木相俊を振り返った。

「おお、確かに」

「美しいものだ」

仲の町とよばれる中央の大通りでは節句ごとに様々に工夫を凝らし、客の目を愉しませる催しが開かれる。

春には満開の桜、秋には真っ赤に紅葉した木々がわざわざ植えられるし、雛《ひな》の節句には桃の花、端午の節句には菖蒲《しょうぶ》、そして、今の季節は七夕の吹き流しというわけであった。

七夕は織姫彦星《おりひめひこぼし》が一年に一度だけ逢《あ》うのを許されるという恋物語。廓《くるわ》に恋はつきものと、いつも以上に力を入れた、盛大な飾りようである。

「さすがは吉原、見応《みごた》えがございますな」

と、佐島が感心したような声を上げるのを見た瑞峰が自慢げに頷いた。

「そうじゃろうて」

玉屋山三郎から腰の具合が快癒したとの知らせが届いたのは数日前のことであった。ちょうど佐島の特別講義も無事に済んだこともあり、瑞峰の提案で、吉原へ繰り出すことになったのであった。

佐島を元胤に紹介した町医者、荒木相俊も是非にと参加していた。

「ようこそお越しを」

大門脇の四郎兵衛《しろべえ》会所には、玉屋の山三郎が出迎えにきていた。

「おお、元気そうじゃな」

「おかげ様で、もうこの通りでございますよ」

山三郎は両手を広げて、にこやかに笑ってみせた。

「皆様、良いところへお越しになりました。これより、玉紫《たまむらさき》の道中が参るところでございます」

そう言って、山三郎は一同を見やすい場所へと案内した。

客に呼ばれた花魁《おいらん》は、自分の属している大見世から、客が待つ仲の町の引手茶屋に向かって移動する。これを大名行列になぞらえて、花魁道中と呼んだ。

美女三千人といわれる吉原遊郭の中でも一二を争う美しさと謳《うた》われる玉紫の花魁道中が始まるとあって、大勢の男たちが列をなし、今や遅しと待ち構えていた。

「おお～」

どよめきのような声が沸き上がった。

「玉屋」と書かれた箱提灯《はこぢょうちん》を持った若衆を先頭に、行列がやってきた。

その後ろには愛らしく着飾った禿《かむろ》を二人と、長柄の大傘を掲げた男衆を従えた玉紫がいた。

玉紫は高さ六寸（約二〇センチ）もある黒塗り三枚歯の下駄《げた》を履いているため、男衆よりも背が高い。美しさも相まって否《いや》が応でも衆目を集めていた。

玉紫はゆっくりと器用に下駄で八文字《はちもんじ》を描きながら、優雅に歩みを進めている。

黒塗りの下駄に乗った小さな白い足、刺繍《ししゅう》を豪華に施した打掛に金糸銀糸で織り上げた俎板《まないた》帯、紅をさした唇に、すっと通った鼻筋、白く透き通ったような肌、毅《き》然《ぜん》と前を見つめる眼。豪華に結い上げ、鼈甲簪《べっこうかんざし》をこれでもかと挿した髪も黒々と艶《つや》めいて、何もかもが、居並ぶ男たちのため息の的であった。

花魁の後ろには、まだ初々しい振袖新造《ふりそでしんぞう》が続く。そして、しんがりは遣《や》り手のお梶が務めていた。

「どうじゃ、今宵《こよい》の果報者が羨《うらや》ましいじゃろう」

と、瑞峰が元堅に尋ねた。

「羨ましいも何も、あまりにも違いすぎます」

元堅は首を振ってみせた。到底手が届く存在には思えない。

「それより腹が減りました。そろそろ行きましょうよ」

「なんじゃ、色気より食い気か」

と、瑞峰は目を剥《む》いた。

「そうはおっしゃいますけど、ねぇ、兄上」

と、元堅が元胤を窺《うかが》い見た。

「……うん、良かった」

元胤は呟《つぶや》き、独り頷《うなず》いている。

「何が良かったんだ？」

と、元胤の隣にいた荒木が尋ねた。

「ああ、玉紫の顔色がだいぶ良くなったと思ってな」

元胤は元胤で、受け持ちの患者として玉紫を見ていたようだ。

たしかに玉紫の頬はほんのりと紅く、目も輝き生気に満ちている。

「そこか、お主は」

と、荒木があきれたという顔になった。

「あ〜あ」

やれやれとばかりに瑞峰も大きくため息をついた。

「お前ら兄弟はまったく。あれほどの女を見て落としたいとも思わぬとは、情けないというか、馬の耳に念仏というか」

「猫に小判、犬に論語ですな」

と、佐島が応じた。こういう言葉遊びが好きなところが、二人が気の合うところのようだ。笑い合っている瑞峰と佐島、そして荒木の横で、

「いい歳をして、落としたいとか思うほうがおかしいんですよ」

と、元堅はブツブツと呟いていた。

今宵、玉紫の相手は秋津《あきつ》勢之介《せいのすけ》という旗本の嫡男であった。

勢之介は今年二十五歳。まだ家督は継いでいない。父は無役ではあるが四千石取りの旗本寄合席《よりあいせき》。勢之介は小《こ》納戸《なんど》方として、江戸城中奥にあって、将軍の身の回りの世話をしていた。

「お逢いしとう存じました」

「儂《わし》もだ」

七夕の夜、一年ぶりの逢瀬《おうせ》に身を焦がす織姫彦星のように、玉紫と勢之介はひしと抱き合った。

二人が出会ってから、そろそろ二年の月日が流れようとしていた。

勢之介は最初、上役のお供としてやってきた。男ぶりが際立ってよいというわけではない。身体は引き締まっているが、武芸者というほど筋骨隆々としているわけではないし、言葉数も少なく出しゃばりはしない。出世を焦りお世辞で上役に取り入ろうとする他の者たちに比べると、おとなしすぎると思えるほどであった。

だが、酒宴での態度を少し見ていれば、周りへの気遣いができる人なのだということは、すぐにわかった。酒の飲み方をわきまえていて乱れることがない。

穏やかな笑顔を絶やさず、きちんと相手の話を聞き、当意即妙な返事をするのは聡明《そうめい》さの証《あかし》であったし、何より箸《はし》の使い方が惚れ惚《ぼ》れするほど美しかった。

どういう育ちをすれば、こういう殿御になるのだろうか……。花魁として、御座敷で主客以外の殿御に心を動かすことは無論、見ることも声をかけることもしてはいけないとわかっていた。だが、玉紫は勢之介のふるまいの一つ一つが気になり、気付けば、目の端で追いかけていた。

そして、その夜、玉紫は主客である上役を振って席を立った。

最上級の花魁は、寝る相手を選ぶことができる。どんなに金を積まれても、気に入らなければ帰ってよい。男の方もそこで怒っては野暮ということになる。だが、それがわかっていても、上役はむくれ、必死になだめようとする男たちの中にあって、勢之介だけは静かに微笑んで、玉紫を見送ってくれた。

互いに見つめ合ったのはそのほんの一瞬のことであったが、あの刹那《せつな》、玉紫は不思議な陶酔感にかられた。頬が紅く染まり、耳たぶが熱くなり、胸の鼓動が高まったのだ。その夜は、自室に戻ってからも勢之介のことばかりが思い起こされた。

それは勢之介も同様だったようだ。

しばらくして勢之介はお忍びで現れた。

文を交わし合い、吸い寄せられるように二人は、互いに求め合う仲になった。

とはいっても、玉紫の元に勢之介が来ることができるのは、せいぜい月に一度あるかないか。いただいた文は手文庫いっぱいになったが、実際に会ったのは数えるほどしかなかった。

小納戸方を務めるということは、数多いお目見え衆の中でも出世の道が開けているという証でもある。人柄を見込んでの縁談も降るようにあると聞いている。いずれ幕府の中枢に上る御方――玉紫にはこの身分違いの恋がいずれ終わりを告げることはわかっていた。だが、そうであっても気持ちは抑えられない。

この一瞬、この一夜を命と決めて、玉紫は勢之介の胸にすがりつくのであった。

四

「ごめんよ、本当、どうしちまったんだか……」

稀代が倒れて十日もしないうちに、今度は女中頭の芳の具合が悪くなった。朝餉《あさげ》の支度をしているさなか、めまいと頭痛を訴えて座り込んでしまったのである。

「なんだか重だるくてねぇ……どうしてかねぇ、ちゃんとお水は飲んでいるのに」

そう佐保に訴える芳の顔は腫《は》れぼったく、むくみが出ていた。そういえば、稀代が水を飲まずに倒れてから、芳はいつも以上に水を飲むようになっていた。

「ちょっといいですか」

佐保は芳の口を開けさせ、舌を診た。

芳の舌は舌苔《ぜったい》が白く厚くなっている。形もぶよぶよとしていて歯形もついていた。

これは身体の中で水が溜《た》まり滞っていることを示していた。

「何かわかるのかね？」

芳の問いに答えず、佐保は、

「お小水はちゃんと出ていますか？　あまり厠《かわや》に行かれないように思いますけど」

と尋ねた。

「そうだね、あまり行くのはねぇ。ついつい我慢しちまうから」

続いて、佐保は芳の腹も触らせてもらった。ちゃぽちゃぽと水が溜まっているような音がする。それに下腹が冷たい。足を見せてもらうと案の定むくんでいた。

「ああ、やっぱり」

と、佐保は呟いた。芳は水を摂《と》り過ぎたために、水滞《すいたい》（水分代謝が悪くなり、胃腸が冷える）を起こしているのだ。

「治るかねぇ」

芳は心配そうに尋ねた。

「大丈夫ですよ。水が溜まりすぎているだけでしょうから」

「水？　私の体にかい？」

「はい。そうだ！　お芳さん、小豆粥《あずきがゆ》が好きでしたよね。すぐ作りますから寝ていてください」

「でも……」

「無理はしないことです。それから何か飲みたければ温かいお茶にしてください」

「すまないねぇ」

謝る芳を無理やり部屋で休ませると、佐保は芳のために小豆粥を作り始めた。

「何！　お芳さんも霍乱《かくらん》を起こしたのか？　そりゃ大変だろう。いいよ、今日はあちらを手伝ってさしあげて」

佐保が医学館の台所で、田辺耕三郎に、今日は多紀家を手伝いたいと話していると、マサがやってきた。

「あ、ちょうどよかった。瑞峰先生が、佐保ちゃんをお呼びだよ」

「あ、でも……」

「先生には私が断っておくからいいよ」

と、耕三郎は多紀家に戻るように、佐保を促した。

「何かあったんですか？」

と、マサが耕三郎に問いかけ、代わりに佐保が芳の調子が悪いことを告げた。

「まぁ！　大変だ。そんなら、私が見舞いついでに手伝ってきますよ」

マサはそう言うと、佐保の代わりに多紀家に行くと言い出した。

「瑞峰先生は、佐保ちゃんに会わせたい人がいるんだって。たぶん、お待ちだよ」

「私に？　会わせたいって、誰でしょう」

「さぁ、とにかく、早く行きな。お芳さんのことは任せといていいからさ」

「すみません。じゃ」

佐保は頷《うなず》いた。

佐保は瑞峰が待っているという教授詰所に向かった。

詰所は製薬所、調薬室の並びにあり、中庭に面して長い廊下が続いている。

瑞峰と客人はその廊下の陽だまりに腰をかけ、中庭を眺めながら、何やら楽しそうに話していた。

「おお、来た来た、佐保さん、こっちじゃ」

と、瑞峰が手招きをし、背を向けていた客人が振り返って佐保を見た。

その刹那、佐保は不思議な感慨にとらわれた。

なぜだろう、この方を知っている気がする——。

「佐島平三郎どのじゃ、お前、会いたがっていただろう」

「あ！　失礼いたしました」

佐保は慌ててその場に座り、佐島に向かってきちんと手をつきお辞儀をした。

「もっと近くに。話ができませんから」

柔らかな声だ。

「はい」

佐保は作法どおりに近づき、再度挨拶《あいさつ》をした。

「佐保でございます」

「佐島です。あなたの話はみなさんから聞いていたのですよ。先日の講義で会えるかと楽しみにしていたのですが」

「すみません」

「稀代どのが倒れたゆえ、仕方なかったものなぁ」

と、瑞峰が口を挟んだ。

「あれ以来、どうじゃ、稀代どのの様子は？」

「大奥さまはもうすっかり良くなられたのですけれど」

佐保は芳の具合が悪くなったことを瑞峰に話した。

「……水滞だと思うのです。それで小豆粥を食べてもらうことにしたんですが、よかったでしょうか？」

「うむ、小豆にはむくみを取る効能があるからな。それでよかろうて。まぁ、後で儂《わし》も診にいってやるがな」

「ありがとうございます」

「ひとくちに霍乱と言うても、人により対処は異なる。よう学んでおるわ」

と、瑞峰は嬉《うれ》しそうに微笑んだ。

「なるほど、先生の秘蔵っ子なだけありますね」

と、佐島も佐保を褒めた。

「佐保さんは、いつからそのように人の足りぬものがわかるようになったのかな」

と、佐島が問いかけた。

「いつから……さぁ、いつからだったか、わかりません」

　と、佐保は正直に答えた。

「ただ、昔から薬草の名を覚えるのが好きでした。母《かか》さまは料理好きだったのだろうと思いますし」

「思い出したのか！」

　と、瑞峰が身を乗り出した。

「いえ、そうではありませんが、夢の中で私は、母さまが料理をしている後ろ姿を見ていて……。唄《うた》が聞こえるんです。いちじく、にんじん、さんしょにしいたけ」

思わず数え唄を唄い始めて、佐保は「あ、すみません」と口をつぐんだ。

「続けて」

　と、佐島が促した。

「ごぼう、むくろじゅ、ななくさ、はつたけ、きゅうりにとうがん、ななくさ、なつな、とうどのとりが、わたらぬさきに、すととん、すととん……」

そこまで唄うと鼻の奥がまたツンとなった。

佐島が佐保をじっとみつめている。

「母さまの顔はまだ思い出せぬのか？」

　と、瑞峰が問うた。

佐保はこくりと頷いた。

「父《とと》さまのお顔も思い出せておりません」

どういうことかというように、佐島が瑞峰を見た。

「たしか、佐保さんは廓《くるわ》育ちと聞きましたが……」

「ああいや、この子は火事で親とはぐれたらしく、廓に迷い込んでな。それを玉屋の山三郎が育てたんじゃよ」

聞いていた佐島の顔色が変わった。

「火事……それはいつのことですか」

「丙寅《ひのえとら》の大火《たいか》じゃよ。かれこれ十年になるかのぉ」

丙寅の大火とは、文化三（一八〇六）年三月四日に起きた大火のことであった。

火元は芝《しば》・車町《くるまちょう》の材木座辺りだったとされる。

火は増上寺《ぞうじょうじ》の五重塔を燃やした後、西南の強風に煽《あお》られて、木挽町、数寄屋《すきや》橋へと飛び火し、京橋《きょうばし》と日本橋の殆《ほとん》どを焼き尽くすと、神田浅草にまで広がった。

焼失した家屋は十二万六千戸、死者は一千二百人を超え、明暦《めいれき》三（一六五七）年の振袖《ふりそで》火事、明和九（一七七二）年の目黒行人坂《めぐろぎょうにんざか》火事と並んで、江戸三大火事と呼ばれる大災害であった。

「……丙寅の」

と呟《つぶや》いたきり、佐島は言葉を失い、ただ佐保を見ていた。

どうして、佐島さまは私の顔をこんなにまじまじと見ているのだろう——。

佐保は居心地が悪くなり、俯《うつむ》いた。

「よほど辛《つら》いことがあったらしくてな、自分の名以外は何も覚えておらんでなぁ。この子の才は親御から受け継いだものだと思うのじゃが」

瑞峰の言葉を黙ってじっと聞いていた佐島だったが、次の刹那《せつな》、堰《せき》を切ったように矢継ぎ早に佐保に問いかけた。

「そなたの母の名は？　父の名は？　住まいはどの辺りだったか覚えておらぬか？」

佐保は首を振った。

「ですから何も……何も覚えておりません」

「何か、何か覚えていることはないか。たとえば家にあったものとか」

「……家の庭にはたくさんの花が咲いておりました。実をつけるものもあって、色とりどり美しく……」

「うん、それで」

と、佐島が続きを急《せ》かした。

「父《とと》さまはよく縁側にお座りになって、庭を眺めておいででした。おいでって手招きをなさって、佐保、これが何かわかるかいって、草の名をお尋ねに」

佐保は小さく吐息を漏らした。

「でも本当かどうか定かではありません」

「どうしてそう思うのだ」

「朧《おぼろ》なのです。すべてが淡い霞《かすみ》の向こうで……。父さまのお顔も母《かか》さまのお顔も。すべては夢の話です、だから……」

「親の顔も名前もわからない。本当ではないかもしれぬと」

佐島の問いに、佐保は小さく頷《うなず》いた。

「はい。ただ、春の七草も秋の七草も、父さまが教えてくれたように、そう思えて」

「あ……」

突然、佐島はめまいを起こしたように、頭に手をやった。

「どうなされた」

「いえ、まさか、まさかそのような」

佐島の息も荒くなっていった。

「どうされた、大丈夫か、のう」

「お水を！　お水をお持ちします！」

佐保が立ち上がろうとすると、佐島はその手を摑《つか》んで、

「いや、もう少し話を」

と懇願するように言った。その時であった。

元堅が廊下の向こうから、血相を変えて、駆け込んできた。

「大変です！　大変です！」

「なんじゃ、騒々しいのぉ」

と、瑞峰が怒った。

「ちと落ち着け」

「落ち着いてなどいられません！　佐保、吉原で火が出たそうだ。今知らせが」

「え！」

「何じゃと」

と、瑞峰の顔色も変わった。

「玉屋は、玉屋は大丈夫ですか！」

佐保は立ち上がっていた。

「まだわからない。とにかく、火の回りが早いからと」

元堅の話を最後まで聞かないうちに、

「失礼します！」

と叫び、佐保は駆けだしていた。

「待て！　危ないから！　おい、佐保！」

待てと言われても足が止まるはずもなかった。

頭に浮かぶのは吉原の懐かしい人たちの顔だけだ。

育ててくれた玉屋のお父さん、言葉は乱暴でも気は優しい男衆たち、母親代わりだった遣り手のお梶さん、家族のように一緒に過ごした遊郭の女たち……、いつも陽気で冗談好きな玉夢《たまゆめ》さん、淋《さび》しがり屋だった玉華《たまはな》さん、妹みたいな禿《かむろ》のミツ、優しく美しい玉紫花魁《おいらん》、そして、颯太……。

「お願い、無事でいて！」

佐保はただ夢中で走り続けていた。

第五話　炎の中で

一

吉原へと至る大川沿いの土手、日本堤はもう人でいっぱいだった。

俗に火事と喧嘩《けんか》は江戸の華といわれるが、人の不幸は蜜《みつ》の味。物見遊山でもするように、人々は火事を見たがる。

これが、すぐに町家や武家屋敷に飛び火をしたら見物どころの騒ぎではないが、吉原は四方をお歯《は》黒《ぐろ》どぶと呼ばれる幅二間半（約四・五メートル）の堀に囲まれ、周囲に人家はなく、裏さびれた田畑が続く。いわば陸の孤島だった。

当時の消火といえば、延焼を防ぐための破壊消火が基本であったため、吉原のように民家や武家地から隔離された場所は、燃え尽くすのを待つ。これまでも吉原は幾度となく全焼の憂き目に遭ってきたが、今日は風もさほど強くないとあって、見に来ている人々にとって、まさに今の状況は対岸の火事なのであった。

土手の見返り柳からは吉原の大門は見えない。衣紋坂《えもんざか》からくの字に曲がった五十《ごじゅっ》間道《けんどう》が邪魔をするからだ。だが、燃え上がっている炎はよく見える。

激しく半鐘が鳴る音もしている。

佐保は人垣をかき分け、大門へと急いでいた。

大門へ近づくにつれ、中から逃げてくる人が増えてきた。

吉原の中で商売を営んでいる者たちが家財道具や商売道具を抱えて逃げてくる。

中には、着の身着のまま、昼見世に立つつもりで化粧を終えただけの女たちの姿があった。

「佐保ちゃんじゃねぇか」

声をかけてきたのは玉屋の男衆清蔵であった。

「清蔵さん！」

清蔵は見覚えのある玉屋の女たちや男衆を引き連れていた。

「佐保ちゃん！」

「来てくれたのかい！」

玉華と玉夢が佐保に抱きついてきた。

「みんな、みんな無事なの？」

佐保は問いかけながら、女たちの顔ぶれを見た。

ミツをはじめ、まだ幼い禿たちがべそをかいている。

だが、お梶や玉紫花魁がいない。

「花魁は？」

「まだ中です。お梶さんも……」

禿のミツが、泣きじゃくりながら答えた。

「ほら、ここにいちゃ危ねぇ」

清蔵が土手へと女たちを誘導しようとした。

「清蔵さん、颯ちゃんは？」

「花魁を助けに入った」

「え！」

「大丈夫だ。じき出てくるさ。おい、佐保ちゃん、危ねぇって。行っちゃいけねぇ！」

清蔵が止める手を振りほどいて、佐保は大門をくぐった。

一方、元堅も瑞峰や佐島と共に佐保の後を追って、医学館を出ていた。

「いいから、先に行け！」

一町（約一〇九メートル）もいかぬうちに瑞峰はへたってしまったが、健脚自慢の佐島は走っても速い。元堅の方がだいぶ若いのに、ついていくのがやっとのありさまだった。

ようやく見返り柳のところまで来たときには、佐島とはぐれてしまった。

捜そうにも人垣が邪魔をする。

そのとき、元堅の目の前を見覚えのある女が通った。

歌舞伎見物のとき、颯太と一緒にいた女だ。

「ちょっと、ちょっとのいておくれ」

女は人の流れに逆らいながら、衣紋坂を降りていく。元堅もその後をついていく形になった。

大門に入った途端、佐保は足がすくんだ。

色とりどりの吹き流しに火がついて、炎の鳥のように空を舞っている。

美しくしつらえられた七夕飾りが仇《あだ》になったのだ。

巨大な七夕飾りは炎の柱となり、人々の行く手を阻んでいた。

「きゃ～」

悲鳴を上げて逃げ惑う人に逆らいながら、佐保は玉屋へと急いだ。

江戸町《えどちよう》一丁目の角を曲がった途端、佐保は目を疑った。

御殿のような破風《はふ》造りの屋根を誇る二階建ての大見世玉屋が、紅蓮《ぐれん》の炎に包まれていた。「火焔《かえん》玉屋」の象徴である大暖簾《のれん》は既に焼け落ち、通りに面した玄関口からは赤い炎が龍《りゆう》の舌のように出て、辺りを嘗《な》め尽くさんばかりだ。

もちろん、ほかの建物も燃えている。

火元は羅生門河岸《らしようもんがし》の方向らしく、向こうは既に火の海だ。

少し離れたところでお梶がペタンと座り込み、残った男衆の銀次《ぎんじ》と山三郎が必死に立たせようとしていた。

「お父さん！　お梶さん！」

佐保が駆けつけると、お梶が佐保にしがみついた。

「佐保ちゃん、花魁と若旦那《わかだんな》が……」

「まだ中にいるんですか！」

山三郎が苦渋の顔で頷《うなず》いた。

「そんな！」

「無理だ、もう無理だ……」

「いやです、そんな！　颯ちゃん！」

山三郎が止めるのを振り切って、佐保は玉屋へ近づこうとしたが、熱風が押し寄せ、一歩も進むことができない。そのとき後ろから佐保の肩を押さえる手があった。

「放して！」

「いかん、この先に行ってはならん！」

佐保を押しとどめたのは佐島であった。

「佐島さま⁉」

「逃げねば！」

有無を言わさず、佐島は佐保を炎から遠ざけようと引きずった。

「嫌です、颯ちゃんと花魁《おいらん》がまだ中に！」

佐保が叫んだ瞬間、周りの建物からも大きく火が爆《は》ぜ、火玉が滝のように佐保たちの頭上に降ってきた。

「ひぃ！」

「危ない！」

声にならない叫びをあげて、しゃがみ込んだ佐保の上に佐島が覆い被《かぶ》さった。

バラバラと火のついた建具も落ちてきた。

隙を見た佐島が佐保を引きずって、その場を逃れた。

「大丈夫？　立てそうか」

「はい……」

そう答えた刹那《せつな》、佐保の脳裏に、懐かしい母の声が響いた。

「大丈夫？　立てますか、佐保」

「母《かか》さま……」

そう呟《つぶや》いたきり、立ち止まってしまった佐保の肩を佐島は必死に揺すってくる。

「おい、しっかりするんだ」

だが、佐保は応じることができず、立ち尽くしていた。

辺りに火の粉が舞っている。

キラキラと、まるで雲母《うんも》のように爆ぜる火の粉……。

ジャンジャンと鳴り響く半鐘の音、

巨大な火柱が立ち、怒号が飛び交う。

大きく崩れる建物の音……。

知っている、私はこの光景を知っている——。

「大丈夫？　立てますか、佐保」

母《かか》さまはそう言うと、幼い佐保の手を放した。

「私には構わず、行きなさい！　逃げるのです」

「母さま……嫌です、嫌です」

佐保は一緒に行くと泣いた。

だが、母さまは梁《はり》に挟まれて、動くことができない。

ぱちぱちと火が爆ぜる音がする。

辺り一面、焦げた匂いが充満していて、煙と炎はすぐそこまで迫っていた。

「母さま、母さま……」

「泣くでない。行きなさい！　早く、逃げて！　逃げて！」

「逃げるのだ！　さ、早く！」

佐島の声が母の声に重なる。

「逃げなさい、早く！」

母さまが厳しい目で佐保に行けと言っていた。

炎が迫る。母さまを助けなきゃ。でも、梁は重くて持ち上げられない。

「母さま！」

そうだ。あのとき私は、母さまを見捨てて、逃げた――。

「佐保！」

そのとき、元堅がやっと追いついてきた。

「何やってる！　しっかりしろ！」

「あっ……」

その声に佐保はやっと我に返った。

そのとき背後で、「崩れるぞ！」と、誰かの声がした。

佐保たちは後ろを振り返った。

「ぎゃ〜〜」

お梶が泣き叫んでいる。山三郎はただ茫然《ぼうぜん》となって、破風づくりの屋根が燃えて、崩れていくのを見ている。

その時、どこにいたのか、ふらふらと、玉屋に向かって一人の女がやってきた。

「あの人……」

佐保はその女が以前、颯太と一緒にいた女だとすぐにわかった。

「止めて！」

佐保が叫び、元堅が女を止めに走った。

と、その時だった。玉屋を包む炎の奥で、ゆらりと何かが動いた。

誰かいる。

「颯ちゃん！」

佐保が力の限り叫んだのと同時に、銀次が炎の中へと飛び込んだ。

動いていたのはやはり、玉紫花魁を抱えた颯太であった。

銀次の手助けで颯太たちが外に出た。

間一髪、ドドド……すさまじい響きを立てて、玉屋の大屋根は崩れ落ちたのであった。

二

炎は吉原の八割がたを焼いて、ようやく鎮火した。

不幸中の幸いだったのは昼間だったため、死者は思ったよりも少なく、玉屋の者たちもみな命だけは無事であった。

ただ、逃げ遅れた玉紫と颯太の二人は、かなりの火傷《やけど》を負っていた。

颯太は腕と足に火傷を負っていたが、「こんなもん、大したことじゃねぇ」と口だけは威勢が良かった。

実際、颯太の手当にあたった瑞峰も彼に対してはさほど心配をしていなかった。

「ま、日にち薬じゃ。そのうち治るわ」

颯太のような男にとって、多少の傷が残ったところで、それは花魁を命がけで助け出した証《あかし》であり、自慢や誉れにこそなれ卑下するものではないからだ。

だが、玉紫はそうはいかない。

玉紫の火傷は顔にこそないものの、首から背中にかけての広い範囲に及んでいた。

自慢の髪も火にあぶられ、無残なありさまであった。

「花魁《おいらん》……」

玉紫の火傷を見た瞬間、お梶は絶句し、わなわなと震えが止まらなかったほどであった。

やがて、玉紫やけがを負った女たちは、山三郎の根岸《ねぎし》の寮で療養することになった。そこはもともと、病気に罹《かか》った女たちのための療養所であった。

佐保は玉屋の山三郎に頼まれて、玉紫の看護にあたることになった。

「痛みますか」

佐保は泊まり込んで玉紫に付き添っていた。

「……大丈夫」

玉紫はそうしか言わないが、痛みはかなりのはずだった。

火傷した肌の一部は、水膨れを起こし、全体に熱を持っているのがわかる。

横になって眠ることもできないのだ。だが、玉紫はじっと痛みに耐えている。

「少し召し上がれそうですか？」

佐保は、玉紫のために、肌によいはとむぎを使った粥《かゆ》や肌の潤いによい白きくらげの酢の物などを用意していた。

「ありがとう」

玉紫は食べようとはしてくれるのだが、ほんの一口か二口しか箸《はし》が進まないのであった。

「みんなは無事でありんすか」

玉紫はそんな状態でも、ほかの女たちの心配をしていた。

「はい。みな深川《ふかがわ》の仮宅に移りました」

他の女たちは、楼閣が再建されるまでの間は、臨時に深川の料理茶屋を借り切って、仮宅営業することになっていた。

「玉夢さんもおミツもみな、怪我もなく、花魁のことを気にかけていました。お梶さんからはくれぐれも花魁の看病をよろしくと、美味《おい》しいものをいっぱい作ってさしあげてって頼まれました」

「そう……」

「ほかに何か……ああ、そうだ。杏仁《きょうにん》のお菓子、お好きでしたよね。作ってきます。あれもお肌にいいって、元胤先生が」

すぐに台所に戻ろうとした佐保を玉紫は引き止めた。

「ねぇ、佐保ちゃん、……わちきの背はどうなってありんすか」

玉紫にはまだ鏡を見せるなと言われていた。

「今はまだ火傷が……でも大丈夫です。すぐに癒《い》えて良くなりますから。元通りにきっと」

佐保は思い切り明るく答えた。

「……そう、ありがとう」

玉紫は微笑んだが、その目には深い哀しみの影があった。

少し眠りたいという玉紫を置いて、佐保は部屋を出た。

「もう玉紫が商売をするのは無理じゃろうな」

少し前、佐保は山三郎と瑞峰がそう話すのを立ち聞きしてしまっていた。

「元通りにはならないと」

「ああ、残念じゃが」

お茶を持ったまま、佐保は部屋に入ることもできず、廊下に立ち尽くしていた。

玉屋の看板である玉紫が商売できないのはかなりの痛手であることは確かであった。声だけだが、二人が深刻な表情であることは容易に想像がついた。

「……さようで」

　と、山三郎の声がした。

「実は……玉紫には身請けの話が出ていたのです」

「どこぞの豪商か？」

「いえ、大身のお旗本のご嫡男です。ありがたいことに奥方にしたいとまで仰せで」

「なんと！　それは果報な」

　瑞峰は驚きの声を上げていた。

　佐保も驚きを隠せなかった。側室ならともかく、奥方にしたいなど前代未聞だ。

「私も最初は耳を疑いました」

　と、山三郎が言った。

「けれど、本心から玉紫を愛《め》でてくださっていらっしゃるご様子で」

　山三郎は玉紫をしかるべき人の養女にして相応《ふさわ》しい用意をと、あれこれ考えていたらしい。

「先方にどのように申し上げればよいものか、玉紫もそれはもう喜んでおりましたのに」

「そうか、それは辛《つら》いな」

「はい」

山三郎は破談になるだろうと悔しそうであった。

颯太に助け出されたとき、玉紫は手文庫を大切そうに抱えていた。

恋文を取りに行って逃げ遅れたのだと、お梶が言っていた。

「命よりも大切な文だなんて、ほんにもう馬鹿でござんすよ。これから毎日だって会えるってのに」

きっと、それが身請けのお相手だと、佐保は思った。

玉紫花魁がそこまで好きな相手なら、なんとしても元の体に戻してあげたい――。

けれど、瑞峰が無理だというものをどうすればよいものか、佐保にはわからないのであった。


佐保が去っていく足音が小さくなり、やがて消えた。

玉紫は、我慢しきれず「ううっ……」と小さく呻《うめ》いた。

ジンジンと、時にキリキリと、身の表面から奥へと痛みが響く。

でも、本当は今のこの痛みが消えた後の方が気がかりだった。

焼け焦げた髪はざっくりと切った。まるで幼い禿《かむろ》のようだ。まぁ、これは元に戻るかもしれない。けれど、自慢だった肌は……。

今、背中がどうなっているのか——、答えを聞かなくても想像はついていた。

以前、酷《ひど》く火傷を受けた人の体を見たことがあるからだ。

私の背にもあのような、赤く引き攣《つ》れた醜い痕《あと》が残るのだろうか——。

「勢之介さま……」

心細さの中で思い浮かぶのは愛しい勢之介の顔だ。

勢之介に抱きしめてもらいたい。あの胸に顔をうずめたい。

玉紫は、炎の中から大切に持ち出した手文庫に手を伸ばした。が、文を取り出すことを躊躇《ためら》った。

「そなたの肌はまるで雪のようだ」

肌を合わせる度に、そう言って愛でてくれた勢之介の声が蘇《よみがえ》る。いくつかの文にも、そのことは記されている。

「あぁ……」

いっそ、炎の中で焼かれて死んでいたほうが良かった。

玉紫はそう、泣き叫びたい思いを押し殺し、布団に顔をうずめた。

同じころ、秋津勢之介もまた、玉紫と思うように連絡が取れず苦慮していた。

勢之介が、吉原の火事を聞いたのは、登城し中奥にいたときのこと。当然、執務の身で、勝手なふるまいはできず、ただ気を揉《も》むことしかできなかった。だが、一方で、見世にとって大事な花魁である玉紫は一番に避難させるはず、おそらく大丈夫だろう……という思いもあった。

事実、火事の後すぐ、玉屋からは玉紫は無事で根岸の寮にいるとの連絡も届いた。だがそれ以降、いくら使者をやっても面会の許可はおろか、文の返事ももらえない。

父に玉紫の身請け話を言い出すのには、非常に勇気がいった。

「なんと！　日本一《ひのもといち》の美女を射止めるとは！　よくやった！」

などと言って、手放しで褒めた父だったが、嫁として迎えるということに対してはやはり渋い顔をした。妾《めかけ》でよいではないかというのである。

「父上は常々、男たるもの一人のおなごを生涯大事にできずどうすると仰せではありませんか。あれは嘘でございますか」

父と母の前で、勢之介はそう言い放った。常日頃、声を荒らげることもなく、両親に従順である勢之介にしては珍しいことであった。

「いや、それとこれとは……」

「何か違いがございましょうか！　私は父上と母上を我が手本としたいのです！」

そう言って、勢之介は強引に押し切った。両親にしてみれば、初めてみる息子の姿であったろうと思う。だが、どうしても引けなかったのだ。

「そこまで言うのであれば……」

父は渋々頷《うなず》いた。母は驚いた顔をしていたが、父の手前、これまた渋々頷いた。

だが、火事以降、父はぼそっと、「これはやめておけというお告げかもしれんな」などと言ったりするようになった。母も「やはり、廓《くるわ》の女を嫁に貰《もら》おうなどと、無理だったのですよ」と、侍女に話しているのを耳にした。

若さゆえの情熱のまま突っ走っていた勢之介にしても、水をかけられた思いはあった。それゆえに、玉紫にじかに逢《あ》って愛を確かめ合いたいのに……。

「なぜだ。なぜ何も返事をくれぬ」

勢之介は苛立《いらだ》っていた。

三

深川の仮宅での開業を明日に控えて、颯太は慌ただしい日々を過ごしていた。

火傷《やけど》を負った腕にはまだ包帯が巻かれていたが、足の方はもうほとんど目立たないほどにまで回復していた。

それに、命がけで花魁《おいらん》を助けたことで、颯太の人気は高まっていた。

玉屋の女たちも男衆たちも、「うちの若旦那《わかだんな》は凄《すご》い」と口に出さなくても信頼してくれているのがわかる。

父の山三郎の名代として、なお一層、気合が入るというものである。

それでもふとした瞬間に痛みは走るし、風呂《ふろ》に入るときには、火傷のひきつれを目にすることもあったが、それも自分でもおかしなことに心地好《よ》い。

言うなれば、「一人前の男になった気」がしていた。

ただ、困ったことと言えば、小夜が毎日のように会いに来ることだ。

廓ではなく、仮宅という気楽さもあるのだろうが、今も世話女房よろしくやってきて、包帯を取り換えようと言い出した。

「いいって、自分でできる」

「いいから、私がやってあげるって」

「構うなって」

「なんでさ」

そこへ、何か話があったのか、男衆の清蔵が顔を出した。

「若旦那……あ、失礼しやした」

清蔵は小夜がいるのに気付いて、慌てて踵《きびす》を返した。

「いいんだ、いいんだ。この人はもう帰るとこだから」

颯太はこれ幸いと清蔵を引き入れ、代わりに小夜を追い出した。

「ちょっと、颯さん」

「またな。忙しいんだよ。悪いな、じゃあな」

目の前で障子をパシャリと閉じられて、小夜が「もうぉ！」と抗議の声を上げるのがわかったが、颯太は肩をすくめた。

「いいんですかい？」

小夜が火事のとき、心配して駆けつけたことを知っている清蔵は、颯太に尋ねた。

「薄情だってんだろ。わかってるよ、わかっちゃいるけどな……」

あっさり去られるとそれはそれで寂しいくせに、颯太はぼやいた。

「ええ、まぁ、ああ来られちゃ、面倒なのもわかりますよ」

まだ一人の女に縛られる颯太でないことも、清蔵は重々承知していた。

そのとき、佐保は、瑞峰から言付かった薬を颯太へ渡すために、深川の仮宅を訪れようとしていた。

「たしか、この辺りだったはず……」

と、独り言《ご》ちたとき、一軒の家から、見覚えのある女が出てきた。

女は、奥に向かって一言、可愛く悪態をついた。

「もうぉ、颯さんの馬鹿野郎！」

振り返った女は目の前に佐保が立っているのに気付いて、バツの悪そうな顔になった。ぺこりと頭を下げて帰ろうとする女に、佐保は思わず声をかけた。

「あの、確か、中村座で」

「えっ……」

「火事のときもいましたよね」

女はあ～っと声を上げて、

「そういうお前さんも確か、あのとき」

「私、佐保と言います。颯ちゃんとは一緒に育った仲で」

「ああ、あんたが佐保さん、たしか医学館に行ったたって」

颯太は佐保のことを話していたようだ。

「はい。あの」

「ああ、ごめんよ。私は小夜。一字違いだね、私たち」

小夜に佐保、確かに似ている。

「……ですね」

二人は一瞬、微笑み合った。

まっすぐな綺《き》麗《れい》な目をしていると、佐保は思った。

この人、嫌いじゃない——。

小夜も何かを感じたようで、佐保に向かって少し眩《まぶ》しいような目になった。

「ああ、颯さんなら中にいるよ。なんだか忙しそうだけど」

「あの、颯ちゃんは小夜さんの、その、お世話になってるんでしょうか」

佐保は思わず尋ねていた。

「お世話っていうか、世話はしたいんだけど」

と、小夜は首を傾げ、

「そういうのは嫌いみたいだからさ」

佐保はくすっと笑った。

「あ、ごめんなさい。颯ちゃんらしいと思って。世話を焼こうとすると、嫌がって逃げるから」

「そうさ、本当は甘えん坊のくせにさ……」

「甘えん坊」と言うとき、小夜はちょっと嬉《うれ》しそうで、そして寂しそうだった。

「本当にそう」

と、佐保は頷いてから、「じゃ、また」と微笑んだ。

「ええ、じゃあね、また」

小夜も、軽く微笑むと、踵を返し、去っていった。

その後ろ姿を見送りながら、この人とは長い付き合いになると、佐保は感じていた。

翌日、瑞峰が佐島とともに根岸にやってきた。

「どうじゃ。花魁の様子は」

開口一番、瑞峰は玉紫の様子を尋ねた。

「あまり……」

芳しくありませんと、佐保は首を振った。

「そうか……ああ、佐島どのがな、お前と話をしたいとおっしゃってな」

「そうでしたか。佐島さま、あの折は本当にどうもありがとうございました」

佐保はどさくさに紛れて言えていなかったお礼を先に言った。

「いや、それはいいのだ。それよりも」

と、佐島は佐保の前に膝《ひざ》を詰めた。

「なぁ、教えて欲しい。あの折、そなた、何か思い出したのではないのか」

「……はい」

佐保は頷《うなず》き俯《うつむ》いた。

「ご両親のこと、思い出せたのだな」

と、瑞峰が尋ねた。

佐保は頷き、俯いたまま手を握りしめ、振り絞るように声を発した。

「母《かか》さまの名は多恵《たえ》。父《とと》さまの名は、本宮《もとみや》……本宮平三郎」

瑞峰が佐島を見た。佐島は大きく頷いた。

「やはり、そなた」

「私は、私は……母さまを見殺しにしました……火の中に、火の中で母さまは！」

佐保は激しく泣きじゃくり始めた。

「私が母さまを、母さまを」

「違う。よくお聞き、私が、私が悪いのだ。許してくれ、佐保」

そう言うと、佐島は佐保の手を取った。

「私が、私がそばにいなかったから、だからだ。責めがあるとしたら、それは私にある。お前が悪いわけではない」

「えっ……」

「私がそなたの父だ。よく見てくれ、ほら、父の顔を思い出してくれ」

「でも、佐島さまは」

「佐島というのは、養子に入った家の名だ。そなたらを失ったと思って、私は……すまぬ。もう生きてはおらぬとそう諦《あきら》めて……許してくれ」

　作事奉行配下の本宮家の三男として生まれた佐島は、家を継ぐ必要はなく、本草学者を志した。佐保の母と暮らしていた頃には、少しは知られる存在になっていて、諸国に招かれることも多かったという。

「丙寅の火事の折は、大坂《おおさか》にいらしたそうだ」

　と、瑞峰が言った。

「急を聞いて、すぐに江戸にもどり、お前たちを懸命に捜しておられたそうな。けれど、見つからず、二年経ったころ、水戸から養子の話があったと」

　佐保は自分の手を握りしめている佐島の手を見ていた。

優しく、包み込むような手のぬくもり……子どもの頃感じたような大きな手ではなかったが、懐かしく、温かい……。

「父《とと》さまの手……」

佐保はぽつり呟《つぶや》いた。

「そうだ。父の手だ、これがお前の父の手だ」

佐島は佐保の目の前に両の手をかざした。

手の指の向こう、優しく笑う顔からは涙がこぼれている。

「佐保」

「父さま」

泣きながら微笑み合う二人を、瑞峰は何度も頷きながら、見守っていた。

四

玉紫の傷は一進一退を繰り返していた。佐保がどんなに頑張って料理しても、あの透き通るようなきめ細やかな白い肌は戻りそうにない。

思い余った佐保は、本草学者の父、佐島に何かよい薬はないか尋ねた。

諸国を回った佐島なら、妙薬を知っているのではないかと思ったからであった。

「うむ……そうだな」

と、佐島はある塗り薬を教えてくれた。

「明《みん》代の書物に『外科《げか》正宗《せいそう》』というのがあるのだが、その中に、肌を潤す、その名も『潤肌膏《じゅんきこう》』という薬が載っている」

「潤肌膏ですか……」

「ヒビやあかぎれ、切り傷などによく効く薬なのだが、以前紀州《きしゅう》の華岡《はなおか》先生からこれを改良した薬があると伺って、調合を教えてもらっている。試してみるか」

「はい、是非！」

このとき、佐島が言った華岡先生とは、文化元（一八〇四）年、世界初の全身麻酔による乳がん手術をおこなった華岡青洲《せいしゅう》のことである。

青洲は漢方と蘭方、両方に長《た》けた医者で、膏薬《こうやく》治療にも優れた成果を出した人物であった。また後継の指導にも熱心で、自宅、診療所、医塾を兼ねた紀州那賀《なが》平山《ひらやま》には全国から多くの門人が学びを求めて詰めかけたのであった。

佐島もまた、青洲から様々なことを学んだと、佐保に話した。

その一つが、紫雲膏《しうんこう》であった。

紫雲膏はその名の通り鮮やかな赤紫色をしている。主成分が染料にも使う紫根《しこん》だからだが、そのほかにも当帰《とうき》、胡麻油《ごまあぶら》、黄蠟《おうろう》、豚脂《とんし》などが含まれている。紫根は殺菌作用に優れ、当帰は血の巡りをよくする生薬であった。

確かに、塗り始めた当初、玉紫の傷は快方に向かったと思えた。だが、残念なことに、なかなか元通りにはならなかった。それでも佐保は懸命に手を尽くそうとした。しかし、薬が玉紫の体質に合わなかったのか、一部には痒《かゆ》みや発赤《ほっせき》が見られ、やがてそれらが、赤い痣《あざ》のような痕《あと》となって残ってしまったのであった。

「佐保さん……もう結構でありんすよ」

膏薬を貼る佐保の手が止まったのをみて、玉紫がそう言った。

「いえ、すぐですから」

佐保は慌てて取り繕い、玉紫の背中に膏薬を貼り付けようとしたが、玉紫はそれを拒んだ。そして、瑞峰や山三郎を呼んで欲しいと言ったのだった。

佐保が呼んできた瑞峰たちの前で、玉紫は丁寧に頭を下げ、治療はもう結構だと言った。

「よくしてもらいました。もう十分でありんす。ここまでしていただけただけで、ありがたいことと思うておりんす」

「しかしな、玉紫」

と、山三郎は口を挟んだ。

「何か他にまだできることがあるかもしれんぞ」

「そうですよ、花魁《おいらん》」

佐保も申し訳ない思いでいっぱいになった。

だが、瑞峰だけは山三郎と佐保を押しとどめた。

「これ以上は玉紫にさらに余計な苦しみを負わせることになるかもしれんでな」

瑞峰はそう言って、治療の打ち切りを決めたのであった。

「お世話になりんした」

玉紫は深々と頭を下げた。

「秋津さまにはどうお伝えしようか」

と、山三郎が問うた。

身請け話の相手である秋津家からは幾度となく、玉紫宛に文が届いていた。

文を持ってきた使者は、若さまがお忍びでお見舞いに来たがっていると何度も言った。だが、その度、玉紫はお会いできないと拒んでいた。

「辛《つら》いようなら、私からお断りのご挨拶《あいさつ》をしておくが」

そう言った山三郎に、玉紫はしばらく逡巡《しゅんじゅん》していたが、やがて、三つ指をつき、こう答えた。

「最後に一度だけお目にかかりとう存じます。お返事はそのとき、わちきからいたしんす」

「その最後にってのは、何なのかねぇ」

佐保から玉紫花魁の話を聞いた遣《や》り手のお梶は心配でならないという顔になった。

「もしや、心中……いや、お会いした後に死んじまうとか、そう考えておいでじゃないよね」

「まさか、そんな」

否定したものの、佐保も実はそのことを案じていた。

あの日から、玉紫花魁の口数がめっきりと減ったのは事実で、一人、文箱を抱いて泣いているのも知っていたからだ。

「ああ、やだやだ」

お梶は身を震わせた。

「そばに行きたいけど、私《わた》しゃここを離れられないし」

仮宅の営業は廓《くるわ》よりも揚げ代が安い。気楽だし、物珍しさも手伝って、かなりの繁盛ぶりで、お梶の差配がないと回らない。

「秋津さまと逢《あ》いたいというのは本心だろうけど、お願いだよ、佐保ちゃん、ちゃんと花魁を見張っておいておくれよ。絶対一人にしないようにね」

「わかりました」

佐保はお梶にそう約束して、根岸の寮にすぐ戻った。

そうして、根岸の寮に秋津勢之介がお忍びで来る日になった。

玉紫はその夜入念に風呂《ふろ》に入り、化粧をし、身支度を整えた。とはいえ、火事で焼けて短く切ってしまった髪はまだ結うことができないし、衣装はいつもの花魁風ではなく、打掛はなく純白の掛下を着ただけであった。

支度の間、玉紫は無言であった。

何を考えているのか、佐保にはわからなかった。

ただ、佐保が玉紫の背中の傷に白粉《おしろい》を塗ろうとしたとき、玉紫は首を振り、何も隠さないことを選んだのであった。

佐保は付き添いとして、玉紫の手を引いて、客間へと廊下を進んだ。

勢之介は既に部屋で山三郎と待っているはずであった。

「そうでしたか」

何か談笑しているのか、勢之介らしき若い男の声がした。快活そうな声だ。

声が聞こえた途端、そこまでしずしずと進んでいた玉紫の歩みが止まった。

玉紫は目を閉じ、じっと愛しい人の声に耳を澄ましているようであった。

ほんのりと玉紫の頬に朱が差し、口元から小さく息が漏れた。

濡《ぬ》れたような睫毛《まつげ》がかすかに揺れている。

声をかけることもできずに、佐保は息を呑《の》んだ。

今まで、こんなにも美しい玉紫を見たことがなかった。

やがて、玉紫はもう一度静かに深く息を吐くと、佐保を見て、行こうというように、ゆっくり微笑んだ。

控えの間まで来た玉紫は、後ろ向きに座ると、佐保に襖《ふすま》を開けさせた。

「今からわちきがすることを黙って見ていて」

小声だが、玉紫の声には有無を言わさぬ強さがあった。

佐保は頷《うなず》くと、襖を開けた。

上座正面に座っているのが、玉紫のお相手であることはすぐにわかった。

山三郎はその脇に控えていた。

「花魁、いったい何を」

山三郎が慌てている。だが、玉紫は後ろ向きのまま立ち上がると、無言で帯をほどき始めた。

シュルシュルと衣擦《きぬず》れの音がして帯が落ち、玉紫の背中が露《あら》わになった。

肌が白いだけに、赤く残った痣が痛々しい。

勢之介は目をそらさず、それをじっと見ていた。

ひと言も発しようとしない。

玉紫は後ろ向きのまままじっと目を閉じ、ぐっと唇を噛《か》んでいる。

背中で語っているのだと、佐保は思った。

もうお逢いできません。わかるでしょう……と。

誰もひと言も発しない。その時間が、佐保にはとてつもなく長く思えた。

突然、勢之介が立ち上がった。

「お帰りで？」

と、山三郎が問いかけた。

だが、それには答えず、勢之介はこう言い放った。

「玉紫は何か心得違いをしているようだ」

声に怒りがあった。

次の刹那《せつな》、必死に堪《こら》えていた玉紫の瞼《まぶた》から大粒の涙が溢《あふ》れ、頬を伝った。

「お許しを」

山三郎が詫《わ》びを入れたが、勢之介は無言のまま、大股《おおまた》で玉紫の元までやってきた。

何をなさるつもりか、佐保は花魁《おいらん》を守らねばと一瞬身構えた。

だが、それは杞憂《きゆう》だった。勢之介は後ろから玉紫をそっと抱きしめたのであった。

「何も変わっておらぬではないか……それほどに私を信じられぬか。それとも何か、そなたは心変わりをしたとでも言いたいのか」

勢之介の声は泣いていた。

「言ってくれ。私を嫌いになったか」

玉紫は小さく首を振った。

「どうなんだ。玉紫」

「そのようなことは」

言うなり、玉紫は振り返り、ひしと勢之介の胸にしがみついた。

「勢之介さま……」

「馬鹿だぞ、そなたは」

玉紫と勢之介はそのあと、ただ互いを見つめ合い、涙を流していた。

「花魁……秋津さま……」

と、山三郎がもらい泣きをしている。

佐保もまたこんなにも嬉《うれ》しいことはなかった。

「よかった、よかった……」

そう呟《つぶや》きながら、佐保は何度も涙を拭《ぬぐ》っていた。

五

それからは慌ただしい日々が続いた。

秋津家からは身一つで良いと知らせが来ていたのだが、山三郎もお梶も玉紫に恥ずかしい思いをさせられないと、大張り切りで、嫁入り支度を整え始めたのだ。

ひと段落ついた頃、佐保は父、佐島平三郎と共に、本宮家の菩提寺《ぼだいじ》、弘福寺《こうふくじ》がある向島《むこうじま》に向かっていた。本宮家を出て水戸の佐島家の養子となった平三郎だったが、そこには佐保の母、多恵の墓があったのだ。

「あとひと月か。瑞峰先生がえらい張り切りようだそうな」

「ええ。婚礼の折には高砂を謡うとおっしゃって、そのお稽古《けいこ》でもう大変です」

平三郎があとひと月と言ったのは、玉紫の輿入《こしい》れの日のことだ。

玉紫はいったん、瑞峰の養女という形をとって、秋津家へ入ることになった。

「儂《わし》が父親代わりか」

「適任かと」

元胤や山三郎に頼まれて、瑞峰はまんざらでもない顔で引き受け、先日は、秋津家のご両親への挨拶《あいさつ》も無事に済ませていた。

吾妻橋《あずまばし》を渡り、大川沿いに水戸様の下屋敷を横手に見ながら少し行くと、弘福寺に着いた。

「立派なお寺……」

「昔、連れてきたことがあったのだが、忘れたかな。まだ幼かったからな」

「ええ……いえ」

あいまいな返事になってしまったが、佐保はどことなく、覚えがあった。

弘福寺は宇治万福寺《うじまんぷくじ》の末寺、黄檗宗《おうばくしゅう》の名刹《めいさつ》で、禅修行の場として有名である。

境内の小さな社には「咳《せき》の爺婆尊」と呼ばれる男女二体の小さな石像があり、これの作者、風外和尚の名から、「風邪の外」つまり、風邪除《よ》けのご利益があるとされているものだ。

本宮家の墓所の中にある小さな墓石には、母の名と一緒に佐保の名もあった。死んだと思われていたせいだ。

「すまぬ……」

平三郎は謝り、佐保は構わないと首を振った。

佐保は、そっと墓石に手を置いた。

こうしてずっと、母と一緒にいたのだという不思議な安心感があった。

「ここは百花園《ひゃっかえん》にも近くてな。昔よく来たところなのだよ。足をのばそうか」

「はい」

百花園は、弘福寺から北に、桜餅《さくらもち》で有名な長命寺《ちょうめいじ》を過ぎてすぐのところにあった。

ここは文化元（一八〇四）年、日本橋の骨董《こっとう》商で本草家でもある、佐《さ》原《はら》鞠塢《きくう》が作った庭園で、開園時に梅を三六〇本植えたことから、亀戸《かめいど》の梅屋敷に対して新梅屋敷と呼ばれた。その後、詩経や万葉集などの古典に詠まれている有名な植物を集め、四季を通じて、様々な草花を楽しめる庭園となっていた。

「わぁ……」

咲き乱れる花々の中で、佐保は思わず歓声を上げた。

「萩《はぎ》の花　尾花《すすき》　葛《くず》花　撫子《なでしこ》の花　女郎花《おみなえし》　また藤袴《ふじばかま》　朝貌《あさがお》の花」

佐保は『万葉集』にある山上憶良《やまのうえのおくら》の歌を口ずさんだ（歌の最後、朝貌は桔梗《ききょう》のこととされる）。

佐保を見て、佐島は何度も頷《うなず》き、目を細めた。

「のう、佐保、私と一緒に水戸へ来ないか」

一緒に暮らそうという父の言葉はありがたく、とても嬉しいものだった。

だが、佐保は「できません」と、首を振った。

「学びたいか、医学館で」

「はい。まだまだ勉学は始まったばかりですから」

と、佐保は答えた。

「そうか……」

父の顔は寂しそうであった。

「いけませんか？」

だが、佐保の問いに、佐島は小さく首を振り、「やはり多恵の子だな」と呟いた。

「昔な、そなたの母も医術を学びたいと言ったことがあるのだよ。許してやればよかった……ずっとそう思ってきた」

「母《かか》さまがそのようなことを」

佐保の脳裏に、いつも優しく微笑んでいた母の顔が浮かんだ。

「やり遂げればよい。父は、どこにいてもそなたを思っている。ただ、そのうち水戸へも遊びに来て欲しい。家族にも会わせたいし」

「はい。私もお会いしとうございます」

佐保は明るく答えた。水戸には腹違いの弟妹がいると聞いていた。

「そうだ。これを教えておこう」

そう言って、佐島は懐紙にさらさらと筆を走らせた。

『随処作主　立処皆真』

「随所に主となれば立処皆な真なりと読む。私が大切にしている臨済《りんざい》禅師のお言葉だ。いついかなる場でも、自らを失わず、その場を慈しみなさい。さすれば全てが真となる。そなたはそなたの場所で、見事、花を咲かせて欲しい」

「はい。母さまの分も」

病の人を救う料理人になる——温かな陽の光にも似た父のまなざしを受けながら、佐保は今、その思いを強くしていた。

佐保の薬膳料理

佐保が提案した料理を現代風にアレンジしています。
＊五味五性とは、身体が感じる食材の味（辛・甘・酸・苦・鹹《かん》［塩］）と性質（寒・涼・平・温・熱）。
＊帰経とはその食材が影響する身体の部位。

レシピ1

菜飯

本文では、和助・お里夫婦に。
春の邪気を追い払うための養生料理です。

材料（4人分）

・米……2合
・菜の花……100g
（200g束で売っていることが多いので半束）
・ちりめんじゃこ……50g
・白ごま……適宜

作り方

1 米2合を通常の水加減で、炊飯します。
2 菜の花を茹でます。沸騰した湯（分量外）に投入し、さっと1分程度茹でます。または、ラップに包み、レンジで加熱（600W、1分程度）しても構いません。
3 2を色止めのために冷水でざっと洗います。まだ多少固さがあっても大丈夫です。絞って、細かく刻んでおきます。
4 1が炊き上がったらすぐに、刻んだ菜の花とちりめんじゃこを炊飯器に投入し、さっと混ぜてから蓋をし、そのま

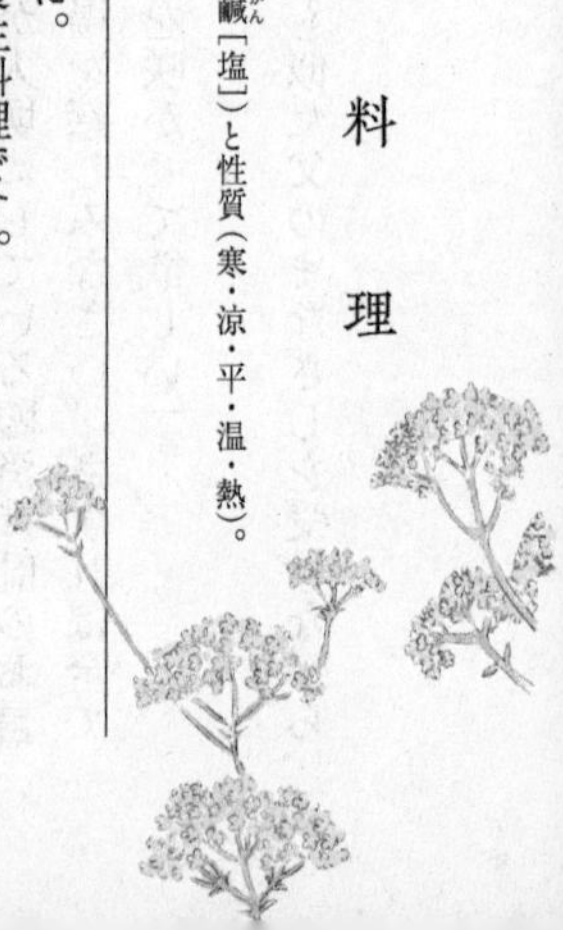

ま5分程度蒸らします。

5　白ごまを振っていただきます。

【食材の漢方成分】

うるち米　五味五性：甘・平　帰経：脾・胃　主効：気を補う

菜の花　五味五性：辛・苦・温　帰経：肝・脾・肺　主効：血水の巡り改善

ちりめんじゃこ　五味五性：甘・温　帰経：脾　主効：気血の補い、血巡り改善

白ごま　五味五性：甘・寒　帰経：肺・脾・大腸　主効：潤す

【特にオススメの方】

風邪予防／食欲不振／消化不良／生理痛や腫れものがあるとき

【ひとこと】

塩分控え目に、ちりめんじゃこの旨味と塩気のみで仕上げたレシピです。物足りない方は塩を少し加えてください。冷えても美味しく、食べ応えもあるので、お弁当にも。菜の花のほろ苦さを楽しむ大人のおにぎりにしてはいかがでしょう。菜の花が入手できないときには、蕪や大根の葉、野沢菜、小松菜などでも美味しいですよ。

レシピ2　金柑の甘露煮

本文では気が鬱々としている佐保や夢之丞に。

材料（作りやすい分量）

・金柑……250g
（12〜15粒）
・砂糖……50〜80g
・リンゴ酢……50〜100cc
（穀物酢でも構いません。
その場合は50ccで）

作り方

1　金柑は水洗い後、爪楊枝でヘタを取り、穴を7か所ほど空けます。

2　1と水（被るぐらい・分量外）を鍋に入れ、強火にかけ、沸騰したら1分ほどで火を止めます。

3　2をざるに上げ、種が気になる場合はこのとき取り除きます（取らなくても構いませんが、食べるときには飲み込まないようご注意を）。

4　3を水（被るより多め・分量外）と共にボウルに入れて、約1時間そのまま置きます（あく抜き）。

5　あく抜きが済んだ金柑、砂糖、リンゴ酢を鍋に入れます。金柑がひたひたになるまで水（分量外）を足し、火にかけます。沸騰したら、ごく弱火にし、落とし蓋をして20

分ほどコトコトと煮て出来上がり。照りをつけたい場合は、一度金柑を引き上げ、煮汁を煮詰めてから絡ませます。

【食材の漢方成分】

金柑　五味五性：辛・甘・温　帰経：肺・脾・肝　主効：気巡り改善

砂糖　五味五性：甘・平　帰経：脾・肺　主効：痛みの緩和、肺を潤す

酢　五味五性：酸・苦・温　帰経：肝・胃　主効：血流改善、消化促進

【特にオススメの方】

鬱症状／胸脇部や側腹部の脹痛とつかえ／ため息・イライラ／生理不順や生理痛／生理中に乳房の脹りや痛みのある方／喉風邪の改善にも

【ひとこと】

のど飴でもおなじみの金柑。柑橘類の中で、皮ごと食べられる代表格です。元気を感じさせるビタミンカラーに加え、爽やかな芳香にはストレス軽減作用があり、ビタミンや食物繊維も豊富で、風邪予防やデトックス効果も期待できます。

甘露煮は、砂糖だけで作ることが多いですが、酢を加えることで、減糖でき、日持ちもします。特にリンゴ酢は優しい酸味ですし、血糖値の抑制効果も期待できます。

レシピ3　きゅうりの冷や汁

本文では夏バテ気味の
多紀家の人たちに。

材料（2人分）

・きゅうり……1本
・ミニトマト……4個
（普通のトマト1個をざく切りにしても）
・味噌……大さじ2〜4
（味噌により塩分が異なるので加減してください）
・ツナ缶……1缶（70g）
・昆布だし（顆粒）……小さじ1／2
・みりんまたは酒……大さじ1
・すりごま……大さじ1

作り方

＊焦げ付きにくいテフロンの小鍋を使うと一度にできます。

1　味噌、ツナ缶（汁ごと）、昆布だし、みりん、すりごまを小鍋に入れて、よく混ぜます。

2　1を火にかけ、2分程度炒めて水分を飛ばします。焦げやすいので注意して混ぜながら、うっすら焦げ目がつく程度になったら火からおろし、小鍋を冷まします。

3　きゅうりは薄い輪切りに、ミニトマトは4分割にカットします。薬味も適宜、細かく切っておきます。

4　2に冷水を入れて伸ばします。途中、味を見ながら、普段の味噌汁より少し濃い味にしておきます（後できゅうりやトマトが入るので味が薄まります）。

5　きゅうりとトマトを入れて、器に盛り、薬味を混ぜて

・冷水……２５０～３５０ml
・薬味……大葉、万能ねぎ、
　みょうがなど、適宜お好みで

いただきます。食べる寸前まで冷蔵庫で器ごと冷やすと美味しいです。味が濃いときは氷を入れても。少し濃いめの味付けにすると、素麺のつけ汁にもなります。

【食材の漢方成分】

きゅうり　五味五性：甘・涼　帰経：脾・胃・大腸　主効：熱を冷まし、身体に溜まった余分な水分を排出

トマト　五味五性：甘・酸・微寒　帰経：肝・脾・胃　主効：熱を冷まし、潤いを与える。食欲不振の解消

ツナ　五味五性：甘・平・温　帰経：肝・脾・腎　主効：気と血を補う

【ひとこと】

冷や汁は古くは鎌倉時代からある夏場の養生料理の一つ。僧たちによって全国に広まったとされ、各地に名物があります。今回はトマトを加えてアレンジしてみました。夏バテは、暑さによる「気」の消耗に加え、「水」の摂取と排出のバランスが崩れることによって起きやすくなります。良質のたんぱく質を積極的に食べて気を養い、冷たい飲み物や食べ物の摂り過ぎで胃腸を冷やさないように注意してくださいね。

本書は書き下ろしです。

漢方養生は人それぞれの体質により効能が異なります。危急の場合や持病がおありの方、何か服薬中の方は、必ずかかりつけ医のご指示を得てくださいますよう、お願いいたします。

編集協力／小説工房シェルパ（細井謙一）

お江戸《えど》やすらぎ飯《めし》

芍薬役者《しゃくやくやくしゃ》

鷹《たか》井《い》伶《れい》

令和2年 8月25日　初版発行
令和6年 11月15日　再版発行

発行者●山下直久

発行●株式会社KADOKAWA
〒102-8177　東京都千代田区富士見2-13-3
電話　0570-002-301（ナビダイヤル）

角川文庫 22296

印刷所●株式会社KADOKAWA
製本所●株式会社KADOKAWA

表紙画●和田三造

ISBN 978-4-04-109569-0　C0193

角川文庫発刊に際して

角川源義

第二次世界大戦の敗北は、軍事力の敗北であった以上に、私たちの若い文化力の敗退であった。私たちの文化が戦争に対して如何に無力であり、単なるあだ花に過ぎなかったかを、私たちは身を以て体験し痛感した。西洋近代文化の摂取にとって、明治以後八十年の歳月は決して短かすぎたとは言えない。にもかかわらず、近代文化の伝統を確立し、自由な批判と柔軟な良識に富む文化層として自らを形成することに私たちは失敗して来た。そしてこれは、各層への文化の普及滲透を任務とする出版人の責任でもあった。

一九四五年以来、私たちは再び振出しに戻り、第一歩から踏み出すことを余儀なくされた。これは大きな不幸ではあるが、反面、これまでの混沌・未熟・歪曲の中にあった我が国の文化に秩序と確たる基礎を齎らすためには絶好の機会でもある。角川書店は、このような祖国の文化的危機にあたり、微力をも顧みず再建の礎石たるべき抱負と決意とをもって出発したが、ここに創立以来の念願を果すべく角川文庫を発刊する。これまで刊行されたあらゆる全集叢書文庫類の長所と短所とを検討し、古今東西の不朽の典籍を、良心的編集のもとに、廉価に、そして書架にふさわしい美本として、多くのひとびとに提供しようとする。しかし私たちは徒らに百科全書的な知識のジレッタントを作ることを目的とせず、あくまで祖国の文化に秩序と再建への道を示し、この文庫を角川書店の栄ある事業として、今後永久に継続発展せしめ、学芸と教養との殿堂として大成せんことを期したい。多くの読書子の愛情ある忠言と支持とによって、この希望と抱負とを完遂せしめられんことを願う。

一九四九年五月三日